The Dumped Gourmet's Kitchen

美食狂失恋记事本

蔺威察 图

作家出版社

目录

一　厨房之战

　　我敢打赌这个世界上再没第二个男人像我这样倒霉。半个小时前，我先被女友甩飞刀差点扎到屁股，接着被她高举铁锅追打，我刚抱头躲过，珍藏多年的名贵碗碟就被她顺手砸个稀巴烂。然后，我被甩了。

　　凭良心说，不管她用什么方式过生日，我都能接受，去年我也三十岁，深刻理解这个年龄段的人的恐慌。我今天一早起床，就为融化她脸上的冰霜而努力：给她讲"匹诺曹与白雪公主在森林相遇"的笑话；帮她做生日蛋糕；教她用亨氏沙拉醋腌制水果粒做沙拉；服从命令下楼去买她指定牌子的生日蜡烛；任凭她糟糕厨艺折磨我的耐性；放任她的冷言讽语。我一直笑脸相陪，如果她没像恶狼扑食般猛地抓起一杯勤地酒[1]，嗅都没嗅一下，就一口吞进肚子，我真的不会那么恼火。她竟一次性触犯五条红酒禁忌：用手裹着酒杯肚，喝前不轻摇，没嗅红酒气味，像梁山好汉般一口喝干净，更别说在嘴巴里品味片刻了。换别的事儿，我会竭力忍耐，可这是我最看重的饮食法则之一，她比任何人都清楚，这些年何止听我说过百遍！我再也忍不住了，"你故意的！"

她装无辜，"有吗？"

看着她故作疑问的脸，我无奈地端起酒杯摇晃几下，用鼻子深深嗅了嗅，当浓郁酒香夹着樱桃气息涌入身体，那根近乎爆炸的神经才逐渐熄火。

我将酒杯放下，放松声音，"切蛋糕吧？"我刚从抽屉内取出蛋糕刀，就看到她已拿起一把粘着草莓碎末的陶瓷小刀切了下去。

镇定，镇定，要镇定！我将胸腔那股火气尽力压成小细流缓缓吐出，接过她递过来的一坨软啦吧唧既没品相又没模样的蛋糕，"嗯，看起来挺好吃的。"

"你没尝怎么知道？虚伪！"

是的，我虚伪，我无话可说。我装作很有食欲地咬了口蛋糕——还好只是一小口，我差点成为有史以来首位被蛋糕咸死的男人。我猜测她刚指使我下楼就是为了找机会朝蛋糕上撒盐，她至少倒了半罐盐。

我趴在水龙头前猛漱口后，再也无法像一个受虐狂般忍辱负重地任由她胡闹下去，"你他妈的想干吗？"

"你竟在我生日时说'他妈的'！"她抓起一块蛋糕朝我投来，尽管我以最快的速度闪躲，右臂还是被击中。

在我刚要寻找武器反击时，她顺手抄起一把水果刀甩向我，我闪身跑开，感觉刀擦着我的屁股飞出厨房。我还惊愕未定，一个沙拉盘像铁饼般旋转着蹭过我的头皮，砸在墙上，瓷片碎落一地。待我看清脚下残骸是一个皇家道尔顿骨瓷盘[2]，忍耐力立刻像盘身一样四分五裂。

"停！停！停！停！"我双手护头冲她大喊，"你发什么疯，别碰我的盘子！"

戴安安手拎着一个盘子，狠狠地盯着我，将我从上到下打量一番后，往冰箱上一靠，"唐德，这不是一天两天了，我感觉自己对你而言还没一个盘子重要！"

"你不是我，也不是上帝，你怎么知道自己对我不重要？！"

"真是个大笑话，我可是和你一起生活了八年啊，你眉毛动动我就知道你是想撒尿还是拉屎！"

如果换作我那精神科医生老爸，她今晚将立即被送往疯人院。用我老爸的专业术语来说，戴安安今天要么是患了恶毒性挖苦神经病，要么就是彻底中邪。我可以与一个经常性的神经病过日子，但绝不容忍一个非正常性的泼妇出现在我的生活里。"请你说话积点德，你今天简直比白雪公主她继母还恶毒！"

她镇定地摇摇头，"我真要那么恶毒，就绝不允许你辞掉工作去实现狗屁饮食理想！两年了，唐德，整整两年！你看看你存折上还有钱吗？你看看你现在的生活，你挣的没我多，每月还让我补贴，唐德，你没有阔少爷的命却过着阔少爷的生活，我没法忍了！"

我慢慢走近戴安安，从她手里抢走盘子，"钱？钱不是什么问题，只要我愿意，随时可以挣回来，我如今正在实现我的理想，理想比钱重要。"

"理想！理想！理想！"戴安安疯子般立刻抓起一口煎锅朝我打来，我连忙跑出厨房。

"狗屁理想！"戴安安拿着煎锅朝冰箱上猛摔几下，"唐德，你真会自欺欺人！我承认理想比钱重要，可你仔细算过账吗？就像上个月，你买了十一瓶红酒，哪瓶不是五百元以上?! 你还去了四次福楼，六次寒室，两次金阁，一次JING餐厅[3]，还有你定的那五把意大利破汤勺就花了四千元，你买的那口康宁水晶汤锅七百九十八元，再加上你托詹望从丹麦带回的价值四十三欧元的三件套开瓶器，唐德啊，唐德……你的收入早就负担不起你为理想的开支了，"戴安安越说越气愤，"你这叫装逼！"

我承认她戴安安说的有理，我是有那么一点开销过度，但绝没那么严重。我去高级餐厅吃饭是为了给杂志写稿，近期频繁买红酒是为写一本红酒书做准备，再说我还一直给电视台做着普及红酒知识的节目呢；至于厨具，那套意大利汤勺可具有非凡的收藏价值，全世界才有八千套，错过就后悔终生。

我将盘子塞到沙发垫下，气冲冲地折回厨房，"戴安安，今天我们得把话讲明白，什么叫自欺欺人？什么叫装逼？我以前挣的比你多时，不是也经常补贴你吗？你不能这么忘恩负义！"

"忘恩负义?!"她大叫着抓起Alessi不锈钢沙拉盆[4]里的水果沙拉朝我身上砸，我连忙护着脸后退，她竟然端起盆扣在我脑袋上，"好！既然你觉得我很忘恩负义，那我也无话可说，我就让位给你的盘子、你的锅具、你这间足够换辆奔驰的小厨房，为了你那伟大的狗屁美食美酒理想，我们分手吧！"

我将沙拉盆摔到地上，"我们八年间分手一百零二次，又复合一百零二次，这将成为我们第一百零三次分手，戴安安，你不觉得我们比情景喜剧还闹腾？”

"是啊，我俩就是活生生的情景喜剧，是最佳艾美奖的影后影帝！"她冷笑着抓起一个瓷盘朝我晃了晃，放在不到三分之一接触面积的桌子边沿，我像接棒球那样扑过去，谁知却被椅子绊住，在摔趴下那瞬间我依然竭力向前一扑，想用双手捧住盘子，只差那么一厘米，我这辈子最遗恨一厘米距离竟这么远……她胜利了，盘子摔碎，我也被压在椅子下，磕破下巴。

她居高临下地看着我，晃肩冷笑，"实话告诉你，唐德，这种日子我早受够了，我早就想越狱，想和这垃圾日子说拜拜！"说着她拉开柜子，将里面的盘子向外一拨。

听着噼里啪啦声，我的心彻底碎了。

戴安安跑进卧室，开始从柜中取衣服。顾不得包扎下巴，我跟进卧室倚在门框上看着她，恨不得立刻将她送上火星。

五分钟后，她一只手拎着背包和挎包，另一手还拿着两个塑料袋。我帮她拖着两个万用袋，送她出门。甚至，我还帮她拉开了门。

电梯前，我把两个万用袋挂到她肩上，"要不要我帮你喊辆出租车？"我装出老好人模样。

"嗯哼……不用！"她将袋子换到另一肩上，"谢谢，能帮着按下电梯我就感激死你了！"

电梯却故意和她作对，停在楼下一直没上来。她连按数次后突然发飙，像梅西射门般一脚踢向电梯，就在这一瞬间，电梯门打开，一个男人的嚎叫声传出。

倒霉的家伙捂着腿蹲在电梯口，疼得龇牙咧嘴。戴安安将所有东西甩进电梯，然后搀扶着他起身。她用一条腿顶着电梯门一边朝他连说对不起，估计这家伙已无语，只能露出一副既愤怒又郁闷的哑巴吃黄连表情。就在这时，电梯夹了一下戴安安的腿后弹开，又夹下，再弹开。

我不由乐得哈哈大笑起来。

在那家伙的诧异目光下，戴安安用一只手推着电梯，另一只手迅速脱下高跟鞋，朝我扔来。

男人看看我，又看看电梯内的戴安安，"靠！"

我揉着隐隐作痛的脑袋甩上房门，环顾安安静静的房子，一瞬间竟是无比轻松。我端起酒杯刚喝了一口，就闻到一股焦煳味，冲进厨房看到那锅冒着黑烟的意大利鱼肉饭后，从心里到嘴巴瞬间泛苦。想想和她八年来的生活，太像一场持久战，没有一周无战事，没有一次战役不是她赢，感情堡垒早就千疮百孔。如今，我们再次分手，她再次离开。我关掉火，瞧着这锅炖过头的鱼汤，突然看清我俩长久以来的感情模样，干瘪的蔬菜，早已失去水分的滋润，锅边焦煳，就像我和戴安安到了情感的尽头，早已没有磁场的吸引。拿起筷子，在破碎的鱼肉和骨头间游动，不知从哪儿下手。想倒掉，可又舍不得。本来这是极家常的一道菜，只需用鱼、时令蔬菜和干菇加些调味品即可，戴安安却用掉三十多颗加州碎杏仁，半盒太湖凤尾鱼，多枚福建野生香菇，还有半盒安佳大黄油，简直暴殄天物！

狠狠拍打了两下自己的脑袋，环顾四周打碎的盘子、摔坏的锅具和撒了一地的食材，我从废墟中捡起沾满奶油和污水的食谱《厨师十日谈》，用抹布擦掉奶油，将折叠起的意大利鱼肉饭那页食谱铺展弄平，轻轻合上，用力压几下后放回书柜，夹在我最爱的《为国王烹饪》《随园食单》和《厨房里的哲学家》书籍之间。

凌晨一点才将战场清理干净，躺上床后就立刻找到睡神，感谢柔软的可以任意舒展开身体的床，感谢这第一百零三次的分手，感谢戴安安赐给我的这美好的一天。

1 勤地酒：勤地酒（Chianti）产自意大利中部地区托斯卡尼区，这里是著名红酒盛产区之一。是由桑乔维亚红葡萄和当地产的卡尼奥罗及少量的两种白葡萄混酿而成的，酒体从轻盈到丰满，口感从清淡到强劲浓烈都可寻到，是佐餐佳酒。

2 皇家道尔顿骨瓷盘：英国著名的骨瓷品牌，是当今世界首屈一指的骨瓷制造商。

3 JING餐厅：位于北京王府半岛酒店地下的一家餐厅，它出品时尚西式菜品与亚洲风味混合的菜肴，曾被评为"全球七十五家最佳食府"之一。"福楼""寒室""金阁"分别为北京著名的法餐厅、创意菜餐厅及新派中餐厅。

4 Alessi不锈钢沙拉盆：意大利著名厨具品牌，在不同厨房产品类型、风格上都有创新的杰出设计。

美食狂记事一
意大利鱼饭

　　我唐德最讨厌两件事：第一件是如灌啤酒那样喝红酒，第二件就是糟蹋食物。哪怕对方是女朋友也无例外！

　　我看不惯那些不停触犯红酒规则的人，更看不惯故意浪费昂贵食料这种暴殄天物的行为！就如今天，哪怕以分手为代价，我女友戴安安，她的所作所为不可原谅！

　　尽管意大利鱼饭已焦糊，我依然舍不得倒掉，这道看起来很质朴却有着奇妙口感的主菜给我太多美好记忆。此刻，我很愿意与你一块分享美味意大利鱼饭的做法。

材料：

任意鱼一段

欧芹三根

胡萝卜一根

土豆两个

大蒜三瓣

干香菇两枚

杏仁四颗

柠檬一个

罐装凤尾鱼两条

面粉一汤勺

黄油适量

盐适量

糖适量

胡椒粉适量

玉米淀粉半茶匙

番茄沙司适量

制作方法：

步骤1：准备一个或几个鱼段，任意类型鱼都可，先给鱼抹上一层橄榄油，再撒上适量盐涂抹均匀。如果是海鱼，就不需抹盐，然后淋上一些柠檬汁祛除鱼腥和增鲜，腌制十五分钟。

步骤2：将欧芹去除叶子后切成小段，胡萝卜和土豆去皮切成颗粒。

步骤3：取出凤尾鱼切细末，用刀将杏仁和干香菇拍碎。

步骤4：准备一个小炖锅，微火烧热入黄油待融化，放入用刀划出几条切口的大蒜，煎至出香味后捞出蒜。

步骤5：放入干香菇、凤尾鱼，翻炒四五次后，再放入胡萝卜、欧芹、土豆，撒上杏仁粒，中火翻炒一至二分钟左右，蔬菜丁微微干瘪即可。

步骤6：加入分量是主料三分之二的水或高汤，撒上一汤勺面粉并快速搅拌，避免结颗粒；大火烧滚腾后加入适量盐、胡椒粉、糖后搅一下，缓慢地用小火煮五六分钟；放入腌制好的鱼煮至熟透后，淋上用水稀释的玉米淀粉浆，搅均匀后即可出锅，根据口味淋上番茄沙司即成。

二 性与红酒

早上醒来，脑子里蹦出几个选项，憋着尿做选择题。

A：打电话给戴安安道歉。

B：给她所有朋友打电话，说我甩了她。

C：打电话威胁她，如果她两个小时后不赶过来，我们此生就没必要再见面。

D：等她打来电话讨好我说自己还爱我。

E：我们已经结束，我们关系早该完蛋。

十分钟后，在不愿当受虐狂和卑鄙小人后，我选择D项，决定拿回爱情里的主导权，战争并非由我挑起，打扫炮灰垃圾这样的事，我之前已经做够。

我拿着本新买的《维多利亚女王的秘密厨房》坐在马桶上胡乱翻看，这本书上的食谱让我对英国菜的看法有所改变。虽然不能认同书中吹嘘的"英国菜是世界第一美味料理"，但起码我相信英国还是有很多代表性的传统美味菜，像苏赛克斯菜，一种用乌鱼加上葡萄酒、硬嘴沙丁鱼做成的；还有用牛脂肪做成的冻，里面塞有肉或鱼肉，并加入葡萄干、苹果、果子露等食物的甜冻。除此之外，还有英国最受欢迎的牛排腰子派、用肥牛肉制成的斯诺登布，及据说拥有一百五十年历史的斑点布丁。细数下来，这些英国传统菜也有一百多种，当然是没法和中国料理相比，有哪个国家的菜能比中国菜花样更多？

　　合上书，无意看到这本书的作者，哦？！简，这个字猛地敲击一下大脑，就在那尘封记忆之处开出一个大窟窿。我看到二十岁的自己，正和一个也叫简的中国少妇倚在沙发上喝红酒。那时我上大一，嫩小子一个，还没认识戴安安，暑期在一家餐厅打工，为了每天二十元的薪酬努力绽放笑脸。简是这家餐厅的常客，时常坐在靠窗的位置，表情严肃冷艳，有点葛丽泰·嘉宝的味道。她是餐厅贵客，不是因为简是个名人或常客，而是因为餐厅内的红酒都来自她老公在澳洲巴罗萨河谷（Barossa Valley）[1]的一个葡萄酒庄。

　　一次，给她送餐，不小心碰倒了酒杯，我正担心这个月奖金要泡汤时，她却看着我笑起来。

　　"我注意你很久了，"她说，"你笑得很好看。"

　　我呆呆地脸红。

　　"你几点下班？"

　　"今天午班，三点可以下班。"

　　她说："想不想挣外快？"

　　我的心立即扑腾腾跳。她不会看上我吧？我虽然长得挺帅，可绝对不会去当小白脸。"什……什么外快？"我努力装出镇定。

　　"我在北京有个酒窖，每天都有客户去提货，昨天搬运工走了，你可以临时代劳几天吗？薪酬一小时五十块，是个力气活，你有兴趣的话来试试吧，今天下午就可以开始。"

她还没说完，我脑袋就炸开了，一小时五十元？天啊！天上掉下的多大一块馅饼啊，我急忙说："我愿意！"

"OK！"她给我一个迷人微笑，从包里拿出名片，"下午四点前务必赶到这个地址。"

返回后厨时，同事指指简，冲我挤眉弄眼，我回敬给他们一个得意的笑。

仓库离餐厅并不远，在东三环靠外的一个别墅社区内，坐车只要二十五分钟。她先带我参观房子。那是我长这么大第一次进别墅，和想象的很不一样，我一直以为里面一定金碧辉煌、奢侈豪华，而眼前却空旷的连张沙发都看不到，她告诉我这是"她的史密斯"设计的，是很流行的简约主义风格。我不停点头，心想：原来简约就是家徒四壁啊。

两个小时后，简交叉着腿坐在我对面，穿着件无肩束身的小黑裙，我气喘吁吁紧张兮兮地坐在沙发上，低着头接过她递给我的一百块钱，不停地说谢谢，眼睛不敢朝她身上看一眼。

她将醒好的酒倒上一杯给我，然后说："我很喜欢红酒，和史密斯结婚，有一部分原因就是这辈子有喝不完的红酒。"

我礼貌地说着谢谢，脑袋里想着她的话，她嫁给一个老头的真正原因是有喝不完的红酒？有史以来，这是我听到最奇怪的结婚理由。

"喜欢什么类型的红酒?"她问。

在这之前我几乎没喝过红酒,只好说几乎,在实习的餐厅我曾偷偷尝过客人喝剩下的红酒,尝过后差点吐掉,怎么会有人喜欢这种有点酸又有点涩的类似糖水的东西?"红酒真的很好喝吗?酸涩酸涩的,味道就好似软柿子泡醋。"

她扑哧一声笑岔了气,嘴里的酒也喷到我身上一点,"哈,对不起,对不起,"她大笑着将面纸递给我,"呵呵,这可是我听到的最有趣的形容!"

我脸颊发烫,满脸黑线。还"最有趣的形容"呢,我看你想说的是"最弱智的比喻"吧。

她又说:"成为一个有品位的男人必须懂红酒,我这堂红酒课保证你能入门,以后一定会用得着。"

我连连点头。

她将酒杯重新递给我,"先说味觉吧,在我们人类社会最早期,那时没有七味概念,所有感觉都相当原始,还没有香臭之分,只有个人的味觉喜欢。今天,我们可以品尝出各种味道,甚至可以吃到臭至极致却美味无比的榴莲,这是味觉的至高进步。这个世界的本质就是要求人越活要越会享受,当初到澳洲留学,我还没有认识史密斯,那时就告诉自己,要享受每一天,快乐生活,体味每一天……"她似乎陷入回忆。

"嗯。"我点头,除这个动作外,我还能说什么呢?对红酒我一窍不通,对人生也一样。

她摇晃下酒杯,嗅了下然后又小抿一口,"好了,回归正题,在喝酒前你一定要了解你喝的是什么酒,此刻,你在喝一杯从澳洲运过来的西拉(Shiraz)[2],你要像对待情人一样珍惜它,你应该这样……"她闭上眼，将鼻子放到酒杯边沿，深嗅一下，伸出粉色舌尖在红酒内蘸上一下，舌尖在口腔内转数圈后，她睁开眼，"会了吗?"

我学着她，先摇，后闻，再轻抿，让舌尖和口腔感受它的状态和味道。刚喝下去，一股眩晕感从口腔上颌冲击大脑，我立即打个激灵。这是我的味觉首次复苏，是坐在对面的简赐予我的。此刻她看起来就像观音菩萨或圣母玛利亚，那种让我想顶礼膜拜的女人，很感谢她赐予我如此美妙的体验。

当时我并不知道，就是从这一杯酒开始，我灵智内的美味概念已被开启，它改变了我的人生路，以至在以后的十年内，我成为了一个红酒狂热者、美酒爱好者和吃喝大王。

待我回过神，发觉她正盯着我。

"太感谢了!"我由衷地说。

她嘴角微微向上翘起，"想喝的更舒服吗?"

我情绪昂扬，无比虔诚地点头。早在上一杯红酒下肚后就迷失在红酒王国，此刻无比渴望体验到更多。

她拎着酒起身离开。五分钟后，我顺着她喊我的声音走去，推开浴室的门，看到她躺在满是泡沫的浴缸内。"啊——"我立即关上门。

"进来啊!"她在里面喊，声音很平静，"你不是想尝试下我的秘密喝法吗? 在浴缸内喝酒就是我说的最美妙喝法。"

"可是……可是有点……有点……"我语无伦次。

"绝对不是你想的那样，"她说，"进来吧!"

我推门进入。

"脱衣服吧!"她又说,"别以为我在勾引你,在浴缸内喝红酒是让血管和身体放松,让你更深入地融合和品尝每一口红酒。"

我脸一红,为自己的龌龊感到羞耻。打消掉尴尬的方法即是面对它。我害羞着脱得只剩一条内裤,然后走进浴缸,把自己埋在泡沫内,她递给我一杯红酒,"干杯!"她说。

我喝了一口后,突然感觉发烫,当然不是流过红酒后的喉咙发烫,而是双颊及下体。她和我碰杯后随便找话题聊着,不知不觉间,半瓶酒已进肚。浴室内的热气让我俩都冒出汗水,这一刻,我感觉自己就像红酒的一部分,甚至还从红酒内品出一种青苹果的味道。

简把酒放在地板上,拿起一块折叠方正的毛巾擦一下额头及脸颊的汗,她脸红红的,这是种比红酒还要羞涩的红,宛若我小时候在楼下院子里种的海棠。

看我盯着她,她将毛巾扔到我脑袋上,"看什么看啊,都盯了三分钟啦!我可告诉你这是在教你品红酒,可不是教你当色狼!"

"没……没有。"

她冲我妩媚一笑,我几乎沉迷了。

"好羡慕你的青春!"简用食指从我的脖子划到肩膀,"看这皮肤多细腻,我像你这么大的时候,皮肤还没你好呢!"她低着头微抬着眼睛看我。

我一下子呆住了,对面这个叫简的女人,那一刻她比世界上的任何一个女孩都细腻,比任何一个女人都性感。我刚伸出手想触摸一下她，她却把我的手打走，"无礼!"她缓缓吐出两个字。

我对天发誓，我是不由自主地对她伸出手，绝对没有龌龊的杂念。当然，也仅局限于伸出瞬间而已。我的情欲早就高涨起来。

"来，喝完剩余的这点酒，你就得离开!"她冲我举起杯。

我和她碰下杯，然后细细喝了一口，在我放下酒杯想着用什么东西遮掩直梆梆的下身离开时，对面伸过来一只脚。

"还不赶快离开!"她坐在浴缸另一头，用颤抖而又急促的声音说。

在两秒内，她的脚已滑过我的大腿，脚趾正轻轻触碰我，我感觉自己就要喷火了。我看着她，不理解她是想让我离开还是想让我留下来。说实话，这一刻，我突然害怕起来，想让她停止，又想让她继续，我开不了口。于是，最终，我像某个电影场景里那样，用颤抖、变形的声音，用她老公的姓氏询问她，我很急促地问："史密斯夫人，你……你在勾引我吗?"

她立刻抽离脚，脸色发红，依旧盯着我的脸，嘴里念叨起"好怀念青春啊!"的话。她自语几句后，脚又伸过来，"唐德，我没有勾引你呀，只是在帮助你快速飞升喝红酒的最高境界，继续喝吧。"

我拿起酒杯又喝一口，味蕾随着欲望冲出身体，在我喝下最后一口酒，浑身已犹如触电般颤抖起来。这时她将酒瓶内剩余的红酒淋到我脑袋上，从我的额头一路舔下来。我在她的尖叫声中——她故意发出的尖叫声中，把她压在身体下。

以后大半个月，我几乎天天泡在她这里喝酒做爱，她教我红酒知识，传授我烹饪技巧，指点我泡妞和调情。用红酒浇淋身体，将葡萄挤在对方胸前，用蜂蜜喂食……这半个月所学的，到十年后的今天，还受益匪浅。

谁知道美梦苦短！

暑假结束前，史密斯先生，那个六十岁的花白头发老头接走了她。她离开后，我每天给她一个国际电话，开始我们还有话题聊，半个月后，话题耗完，开始无话找话。直到有一天，我在电话这头，竟愚蠢地说自己失去她已无法活下去。她变得不耐烦起来，"你不能爱我，我有老公！"

"你可以离婚啊……"

她打断我，"实话告诉你，我只是和你玩玩，你没史密斯有钱，没史密斯有品位，你不可能像史密斯那样给我两辈子都喝不完的红酒！"她停顿下，重重地吐一口气，"其实……我也挺喜欢你，只是你我是两个世界的人，你连美食与红酒的中级品位都没达到！"

我没死缠烂打，直接挂断电话。在寝室捂头大睡两天后，尽管内心痛苦，我最终还是选择面对现实。下床后第一件事，我便是穿着拖鞋在十月份某个下雨天，坐车去北京最大的书店，买下所能看到的关于"美食"或"美酒"的书籍。从此，我硬把自己调到一种奇怪状态，一种把痛苦加持到美食美酒上的忘我状态，这状态一直持续几年才缓过劲。不过，这时的我已悲哀地踏上一条不被任何人看好的道路，一条为美食美酒而活的羊肠小道。

1 澳洲巴罗萨河谷（Barossa Valley）：位于南澳大利亚州首府阿得雷德市以北一百公里处，每年出产大约全澳大利亚一半产量的葡萄酒。它与新南威尔士州的"猎人河谷"，维多利亚州的"雅拉河谷"并称为澳洲的三大葡萄酒河谷而享誉世界。

　　2 西拉（Shiraz）：一种用多种水果酿制而成的红酒。入口很爽！具有辛辣、香料、野性气息，适宜于陈年。巴罗莎谷其精酿的Shiraz驰名全球，是世界上最古老的Shiraz拥有者。

三 谁在煎熬

　　走上美食美酒人生这条羊肠小道后，我给杂志拍摄饮食图片，撰写美食专栏，偶尔还做红酒方面的活动策划，或为某家餐厅创造个新菜，这样的日子看似风光其实难挣大钱。

　　应一本国际杂志邀请，近段时间我在做一个关于中国民间滋补饮食的系列专题，今天我要做的这道银耳雪梨羹，几乎每个中国家庭都会做，既简单又美味。

　　来到我挚爱的储食间，看着在这个十平方空间内的至宝食材，心里不由得满足又幸福。远离窗户的角落放置着我的酒柜，里面的红酒以意大利和智利产的居多，也有数瓶黄酒及老白干这类的中华传统酒，最昂贵的就是二十年陈酿的老花雕，还有一瓶只对中南海提供的三十年茅台。另外一个四米长的巨大储藏柜，是我专门找人定制的，柜子有三个独立储藏箱，分别放置我喜欢的干货食材、低温食材、恒温食材。又嫩又筋道的烟熏野猪腿，肉质绵密及鲜嫩的日本烟熏鲨鱼肉，香味浓郁的咸晒鲱鱼、味道鲜美的风干卷口鱼等鱼类食材，各种诸如与海鲜搭配的绝佳提味香料牙买加胡椒、能给油腻或重口味的菜添加一股清香的杜松、辛辣好闻的葫芦巴芽，只需一点儿就能让菜肴充满魔力香味的番红花等香料，当然还有我最爱的东北猴头菇，绝对提味的梁野山金线莲、山红菇和山梨菇，连我做汤时也不舍得用的山珍之王房县黑木耳等山野奇珍。

在和戴安安的无数次争吵中，这个小小的储食间是她紧咬不放的宣战理由。不是说大话，纵使拿一辆敞篷小跑车诱惑我，我也不同意交换。对我这样的美食狂和红酒鬼来说，储食间与我的生命同等重要。

取出做银耳雪梨羹所需的通江银耳返回厨房后，我开始去蒂和泡制，看着硬币大小的银耳逐渐伸展开身体，这种静观食料由干花变成柔软蓬松的洁白绽放的过程，让我忘记所有烦恼。接着是给雪梨量身打造形状，给红枣泡温泉去内核，还有让水和冰糖一块在热锅内大跳贴身舞。阳光穿过窗台上的植物照射在脚下，我喝着一杯自制的香蕉马丁尼酒，在满是甜丝丝和淡香的厨房内待着，如果不是还有其他工作要做，我会待到太阳回家。

为银耳雪梨羹拍完片已中午十一点，我来到书房，开始写饮食专栏。这时的我化身为一个名叫"周一吃"的男人，他三十五岁左右，没有太多钱，嗜好美食，喜欢每周抽出一天和好朋友或老婆出去吃一两次。对于吃，他觉得可以把料酒、莲子、红糖和一公斤辣椒制成调料塞到饭内，只要没吃过的，都敢尝试下。"周一吃"评论那些少见的印度或马来西亚餐馆，拜访只对会员开放的私人厨房，密探传说中做宫廷菜的餐厅后厨。"周一吃"在这个专栏内告诉大家，哪些餐厅端到桌子上的菜少得可怜，哪些餐厅价格超贵、食物又难吃，哪家餐厅小而舒适又有名流光顾，还有哪些餐厅适合家庭聚会或情侣晚餐，哪些露天烧烤比名店还正宗。其实这些都是我唐德在幕后弄的。一年来，为写这个专栏，我跑遍北京，无论东城，西城，南城，北城，甚至山脚下的农家小院和水库烤鱼。

这份工作带来的收入并不高，不过能在我热爱的醉生梦死吃货人生的小道前行，我很知足。尽管维持下去的代价是我不得不吃一些从没见过的菜，尝试一些看起来就倒胃口的食物，甚至有时整整一周，会在簋街或胡同内，数天的烤鱼或炸糕，冒出一下巴的痘痘，或在素食餐厅与豆子制成的鱼或鸡长时间打交道，弄得看到豆制品就犯晕。

喝下两壶红茶，稿子也写完，在我准备出门去厉家菜餐厅采访前，接到二姨的电话。

长辈们打来电话一般会有两个话题，第一个是让你帮忙办事，第二个是家里发生你不得不参与的事儿。二姨的电话就囊括这两个意思。

第一件事是关于我表弟雷蒙，他是二姨最小的孩子，也是唯一有指望让她抱孙子的儿子。谁知道去年雷蒙突然对父母宣称自己不喜欢女人，二姨当时就坐地上大哭自己造孽。用我二姨的话说，她对小时总爱偷穿裙子的雷蒙的性取向早就先知先觉，只要不捅破，她情愿装瞎子。可雷蒙竟在二姨夫三番五次的逼婚后说出真相，情愿活在假象内的二姨，恼怒之下将雷蒙驱逐出门，警告他不带个媳妇回来就别想再进家门。

　　"姨，雷蒙他奶奶都一百多岁啦，早是老糊涂，你随便找个人扮演雷蒙去给奶奶过生日就行！"我给她出主意。

　　"老太太精明着呢！"她在电话那边叹气，"你替我转告雷蒙就行。对了，你和你女朋友戴安娜准备什么时间结婚？"

　　"她叫戴安安，不叫戴安娜，戴安娜是英国前王妃，我倒想和戴安娜结婚，不过我没这福分，她早香消玉殒啦！"

　　"正经点儿，唐德，你们这些孩子真不让人放心！"她放软语气，"唐德啊，你得赶快解决个人问题啊，如果你妈还在的话，肯定要为抱孙子急死。"

　　是的，我知道自己早到结婚年龄，早该有个孩子，这孩子此刻最好已开始上大学，省得我操心！可目前凶多吉少啊，我和戴安安刚开始第一百零三次分手，是否能复合还不一定呢。

　　"结婚有什么好的？我老爸他现在不也是单身嘛，如果他先找个伴做榜样，那我就立刻结！"

　　我刚拿我爸开玩笑，二姨就说起为我老爸介绍对象的事。对方人称慧姨，比我老爸小三岁，老公死时才二十七，顶着各方压力硬是没改嫁，等把三个儿子们都拉扯大并抱上孙子后，才考虑找个老头做伴。二姨说，目前一切发展顺利，如果不出意外，我就有了个后妈。

　　"我先给你打个预防针。"二姨最后补充说。

　　我挺高兴看到老爸找到一个合适的人共同走完后半辈子。但我有个疑问，那个与老爸一块跳交际舞的张阿姨哪里去了？

人家一孤寡老太太每周来帮他打扫卫生，不就是对老头有点意思嘛。

我如实报告情况。

二姨立刻慌起来，"你爸没和我说呀！他直接告诉你对张阿姨有意思？"

"没。"

"人到了你老爸那个年纪，应该不会有什么花花肠子了，我相信他作风正派。"

作风正派？克林顿还是总统呢，手不照样溜进秘书内裤？不过，无论如何，我还是希望我老爸能比克林顿有出息，希望他职业的精神科医生作风能保佑他没留下蛛丝马迹。

二姨又说，"为避免意外，你找机会套下他口风，别让他一时糊涂弄出作风问题。"

"您不说我也会问问的。"

脚踏两条船这种事儿，天地不容，女人比男人更不容，儿子比老子更不容。

二姨最后说，"别忘给雷蒙说他奶奶的生日，还有别告诉他是我打的电话。"

"那说谁啊？"

"就说是他爸。"

下午三点一刻，我无比准时地来到北京德胜门羊房胡同里的厉家菜餐厅采访。餐厅坐落在一个四合院内，门牌是十一号，餐厅掌门人是八十七岁高龄的厉善麟。第一次来这里是请我老爸尝鲜，后来几次分别是戴安安生日，几个哥们儿聚会腐败和陪某杂志美食编辑前来，他们对这里都赞不绝口，且对餐厅用简单食料做出非同一般味道的料理秘诀充满好奇。当然，这是餐厅的最高机密，无论我如何的旁敲侧击，人家也不会说。

对厉老先生的采访即将结尾时，我看到戴安安的闺蜜张霏圆现身四合院，正站在院子里交涉吃饭的事儿：

"我前天就打来电话，为什么还让我等三天？"

"张小姐，我们这边显示你打电话的最早时间是昨天下午……"

"你们弄错了吧？我明明前天打来的……"张霏圆面色微红，越说声音越小，很快她神色一转，立即换个语气，"真的希望你能帮个忙，我男朋友明早就要出国几年，我们这一分开真不知何时才能相见呢。"她变色龙般摆出一副可怜兮兮的模样。

我真替她脸红，竟用这种低级手段骗人，明明她男朋友刚回国嘛，此刻却变成绝唱。就在这时她看到我，"嗨！"打着招呼就冲进来，"唐德，你在这儿干吗？"

"正采访呢！"

我没好气地回答她。其实已基本采访完，剩下的都是无关紧要的问题，比如想拜托厉老先生向他的朋友我的偶像名厨安东尼伯尔顿讨个签名什么的。

霏圆看到我在采访，"抱歉啊，你们继续。"

"难得这么巧碰到，年轻人你们聊吧，我去找人看茶。"说完，厉老先生起身离开。

张霏圆继续道歉。

"没事儿，别上心。"停顿几秒后，还是没忍住不悦，"你怎么知道这里的?"

"戴安安告诉我的。"

"噢，戴安安？呵哈，"我装出漫不经心的口气，"戴安安好吗？"

"怎么说呢？"她迟疑片刻，"还算……好吧!"

接着气氛开始沉默。想必她已听了"戴安安版本"的分手事件，估计对我的印象好不到哪里去。我给她倒杯茶，"那就随便说说情况吧，我倒挺想知道。"

她先摆明立场，"你和戴安安的事，我持中立态度。"接着话锋一转，"不过说实话你俩有点太过儿戏，跟过家家似的，三天一小分手，十天一大分手，我都看烦啦!"

"过家家？只有她戴安安持的是过家家的态度吧，我正经着呢!"

"每次分手后，都由我主动求和，所以一直以来这一切的错好似全是我造成的。"

"那这次呢？"

"忍耐到极限，实在无法再忍下去了，我可不想被她克死!"我听到自己恶狠狠的声音。

张霏圆同情地看我一眼，摇摇头，"你们自个儿折腾去吧，我这个看官当累了。"

"这样最好，这次必须来狠，最好能了断!"

"了断？哦……哼，要是能了断，何必等八年后呢?!"张霏圆不屑地撇嘴角，"差点儿忘了，戴安安今早拜托我电你，希望你能帮忙收拾下她的物件，她抽时间回去拿。"

"好，我会清理的干干净净的!"我狠狠放下茶杯。

霏圆当做没看到我的表情和动作，"再给你透漏点消息，戴安安这次似乎是下定决心分手，如果你们都不示弱，那这八年马拉松就白跑啦，你好自为之吧！"

非常不明白为什么我要好自为之，明明是戴安安挑起的战火：她用锅追着我打，朝我身上甩飞刀，摔我的盘子，毁坏我的厨房，我才是一个受害者。难道这个世界上的男女吵架永远都是男人的不对吗？难道我们男人活着就要永远当一个默默承受者？

我唐德乐于做一个忍让的绅士，但绝对不会当一个受虐狂。

美食狂记事二
银耳雪梨羹

　　在朋友眼里，我美食狂唐德的癖好就像购物狂热爱购物一样，总是不停地收藏厨具、红酒及食材。我认为，一个人一旦寻找到自己决定奋斗一生的职业方向，就会带着一股病态般向前冲的气势。

　　所以，尽管我被甩了，在我进入厨房开始做菜拍片工作时，我的失落伤心便会无影无踪。更何况在忙碌的夏日午后，还有一碗在冰箱里放置半小时的"冰糖银耳雪梨羹"做伴……这在人生最惬意事件排行榜上，可比"大街上看走光美女"要排名高。

材料：

银耳二两

雪梨一个

红枣五或七颗

冰糖七至八块

陈皮两片

制作方法：

步骤1：用温水将银耳泡半小时，然后洗净、去蒂，撕成小块备用。将红枣也用温水泡开，洗净，去核，备用。

步骤2：将雪梨洗净，削皮，切成块状，用果汁机将梨皮打碎成汁备用。

步骤3：锅内加入水和红枣，大火烧至沸腾，入银耳、陈皮改小火煮，直至汤汁收至三分之二左右。

步骤4：加入梨皮汁和冰糖快速搅拌，直至冰糖融化后，将雪梨粒放入锅中改温火，炖至银耳微微融化，汤汁颜色变微黄，筷子探入汤中提起后有丝粘连即可闭火。

四 美食狂、密友、他女友和她情人

　　人都有点贪欲，从某方面来说，这是一种挺单调的念头。以劳动获取报酬，用金钱满足欲望，用报复获得快感，有时候仅需一点点冒险就可以被满足，大多数情况下总是要付出点惨痛代价。此刻的我，刚买下价格不菲的丽江松茸，就犹豫着要不要去凰庭餐厅尝尝最新推出的粤式点心。由此可见，人是由贪欲组成的动物，只要被满足第一次，那么会出现无数个第二次。

　　我决定节约开支和控制食欲。

　　让司机继续朝前开，我想到王府井一家腌制品超市看看有无Moon Brine新推出的宫廷腌乳瓜[1]。在商场内忽然听到一个熟悉声音，我扭头一看，竟发现是戴安安。她穿着灰白色的卡其直筒长裤，上身着件复古蕾丝领的真丝衬衫，头发高高挽在脑后，一如既往的干练。让我吃惊的是她挽着一个其貌不扬的光头男人，我脑袋里冒出一个大大的问号，难道这个没我高比我丑的男人是她的新欢？

　　我装作有急事的样子，故意撞下戴安安。

"对不起！"我尽量道歉。

看清了她的脸，我立刻傻了眼。这是一张与戴安安完全不同的脸，这张脸更柔和些，哪怕是被我"无意"撞到后露出的惊讶表情，都是那么的甜美可爱。

"对不起，对不起，认错人了！"大脑有点短路。

她疑惑地看着我，"我看你不像认错人，就是故意撞我。"

"你丫别装蒜，路宽的都够跑辆轿车了，你丫敢说你不是故意的?!"光头男人目露凶光。

我只好如实回答，"我女朋友……和你女朋友背影好像。"

接着我三言两语交代了戴安安甩我的大致经过。

"你女朋友真的……够过分的……"

光头男人怜悯地看着我，"哥们儿，天涯何处无芳草，一个石榴裙没了，会有无数个石榴裙等你去爬呢，别这么没出息！"说完拉上戴安安二号离开。

看着戴安安二号，心里很不是滋味。如果我与戴安安没第一百零三次分手，此刻我俩也可能正在逛街。她不会关注我买什么泡菜或芥末，甚至不关注我带她吃什么，她只会不停地唠叨我上次在valentino巧克力廊花费了不该花的钱。

从餐厅出来，我开始思考戴安安二号和光头男人。她会用光头男的刮胡刀刮腋毛腿毛吗？她会把脏衣服留给光头男来洗吗？她是不是常无中生有地找些小事与光头男吵架？她会穿奇怪颜色、不同款式的胸罩和内裤吗？她会不会在男友刷牙时上厕所？我知道戴安安生活中的样子，就像她可以深刻地嘲弄我的生存方式那样，我们之间已没秘密可言。以前我们会为发觉对方的小秘密而雀跃，现在，每次吵架都会扯些对方过去的秘密来反击。

我不会将错全推给戴安安，这场感情我也有责任。这次分手后我就开始思考一个问题——男女相爱后随着时间推移无可避免的频繁出现这样那样的激烈争执，这就是两性关系发展到最后的某种结局？只是我不明白，既然结局已定，为什么当初还有那么多人选择相爱呢？如果可以穿越时空回到过去，我们愿意再重新相遇并相爱一场吗？

到家后，我开始为几个要来"庆祝"我第一百零三次分手的哥们儿做晚餐。打开冰箱，看到几条墨鱼，本来准备在戴安安生日那天做一道墨鱼炖鸡汤为她滋补，可惜她没这福分了。

切完墨鱼，看着手上的黑色汁液，我突然醒悟：这八年来，我一直坚信戴安安是Ms.Right，从我们彼此熟识后开始，我就被一块黑布蒙上了双眼傻傻向前冲，哪怕前方是悬崖。事实上，这不过是一意孤行，到头来只有我自己跳下去。

看清事实真相后，我脑间最先涌出的是后悔，后悔到牙发痒后，开始下决心要发愤图强，要过得更好。去冰箱内拿鸡肉时，看到了喜气的甜红椒和充满生机的黄瓜，我冒出创造一道新菜的想法。清理掉黑色汁液，焯水，墨鱼片变得雪白，配上甜红椒的愉悦色泽和黄瓜的新鲜脆口，谁还能想起它之前的墨色人生呢？

欢快地哼着小调做出这道红椒黄瓜炒墨鱼后，我又简单做了其他几个让心情会变好的菜——滋补又健康的清汤冬瓜盅，美味可口的海鲜汁菠菜卷，点缀着草莓粒的开胃菜法式腌黄瓜，加上他们带来的比萨、鸡腿外卖、越式河粉。一顿慰藉沮丧心情的晚餐开始了。

如果一切照我的计划，这晚我会过得很愉快。可当我用上等鹿茸、冬虫夏草和高粱酒泡制的君子好逑酒被人瓜分，酒柜里珍藏的泰尔特尔堡干红²和格兰奇佳酿³被偷喝，我就再也高兴不起来。

他们劝慰我的话很简单：酒和感情一样，旧的不去新的不来。我心里挺不是滋味，分手的人是我，被偷喝掉美酒的人还是我。女人可以再有，但好的红酒不像诊所里的葡萄糖，可以随时制造，它是由储藏时间、年度气候和地理位置来决定的，绝对是喝一瓶就少一瓶。幸好他们对待好酒态度俨然像宠爱一个女孩那样规矩和温柔，这总算让我好受些。

就在这时，詹望手机响起来，肯定是某个风骚女人的发嗲电话。桃花运一向旺盛的詹望从大学时代就是女人主动追求的对象，一直到他辞职做投资顾问事务所。至今他三十三岁，事业正春风得意，掀开石榴裙让他钻的女人愈来愈多。我没辞职之前，混得也不错，在一家中法合资金融投资公司刚升到中层，转折点是一次去法国出差，那天我坐在巴黎银塔餐厅⁴一边欣赏塞纳河一边享受血鸭时，突然意识到做个醉生梦死的快乐吃货，才是属于我真正的人生。至今，我辞职已有两年，认识的人是越来越多，只是桃花运和收入一样都大面积缩水。金牧比我好一点，他毕业后就去国有银行干到现在，目前也算小主管，只是他太早地奉子成婚，被老婆双规。

至于好友阿肯，如今是京城小有名气的整形医师，有众多机会接触各类女人，不过这家伙很安分，从没闹过什么绯闻。原因一：他已结婚，老婆是个心理医生，察言观色的能力非常厉害，他连贼心也不敢有。原因二：他心中那个永远美丽的遗憾——他此生只爱的青梅竹马的卢翘翘。意外的是，卢翘翘在阿肯去英国进修期间突然宣布结婚，当然，新郎不是阿肯，当阿肯匆匆赶回国，小鸟依人的卢翘翘偕新郎请我们一起去吃百鱼宴，阿肯整晚目光就没离开卢翘翘。我猜测，他眼光至今也如此。

詹望去阳台接电话，我和金牧互看一眼，彼此只有一个眼神：嫉妒。他摇着头瞧了瞧阳台，接着将话题转到他老婆只给他六百块生活费的事上，他说这钱还不够买两条好烟呢。昨晚他闺女央求买新鞋，他老婆却说向你老爸要，他认为再也没有比这更憋屈的事。听金牧讲完，我终于好受一点，结婚后的男人就完全不一样。没结婚前男人感觉不好还可以分手，结婚后男人纵使心里憋着十罐灭火器也无法浇灭的怒火，他还得死撑着。

"你千万不能让她管太死，女人啊，特别是结了婚的女人你得变着法儿周旋，本来就是猫捉老鼠的游戏，一个想吃定对方，另一个需要向前跑，你不要总当老鼠，要找机会变成猫。"

在我刚为自己还能说出如此深奥的爱情哲理而沾沾自喜时，阿肯阴阳怪气地说，"戴安安甩你是不是就因为你处理事情太有水准？她害怕继续当老鼠，于是变成猫逃走了？"

眼前立刻冒出戴安安猫脑袋灰溜溜逃走的模样，我刚要哈哈大笑，突然弄懂阿肯话里所指：我是老鼠，戴安安是猫，戴安安吃厌了老鼠肉，所以她寻找新口味去了。想着要回敬阿肯一句恶狠狠的话，最终哑口无言。我说出口的感情哲理却是自己正犯的错，难道这是被现实潜移默化后的结果？

詹望从阳台上返回，金牧提议大家多饮几杯庆祝我新生。碰过杯后，詹望开启一个话题，"哥们儿，你有没想过来分去戴安安也很痛苦？我们换个思维，她的痛苦或许不比你少，你尝试过主动去了解戴安安吗？"

我把酒杯朝桌子上狠狠一放，没好气地回他，"都相处这么多年了，闭着眼都能找出她身上的痣，你说我对她算不算了解？！"

詹望摇摇头，装得像谈生意那样，"你没懂我说的关键，我指的是内心世界，就像投资，越是熟悉就越难看清它，我们越熟悉自己认识的那一面，也就越难辨析被我们习惯性地忽略的另一面。"

詹望竟拿出投资顾问的姿态，分析我和戴安安的实质问题。我能懂他的意思，什么投资，什么市场，什么回冲，什么反作用，我都知道，只是用在我和戴安安身上都是他妈的扯淡，结果才最重要的。赤裸裸的现实是戴安安和我掰啦，她再次甩了我。

我没好气地回敬他，"你应该把你的商业顾问事务所拓展下业务，开辟一个新职业——例如什么感情顾问风险投资啦，说不定还能拉来SBCVC给你投资呢！"

"詹望说的有道理！"金牧一本正经，"感情投资和商业投资从最终目的来看，没啥区别！"

"你也好不到哪里去！"自尊心受到伤害，羞辱我的竟是同盟战友金牧，"假如真要把感情也当投资分析，我对戴安安这么多年的投资岂能以投资失败来做结论？我是破产，早该跳楼啦。"

"唐德，别老计较自己的得失，戴安安和你一样，投资同样失败！"阿肯也加入训斥我的战营。

今天我本来计划与三个哥们儿结阵线讨伐戴安安，没想到赔掉药酒和红酒后，还被他们仨合伙训斥，"你们到底站哪边？你们还是我的朋友吗?!"

他们三人相互看看，几乎同时叹口气。

"我们当然站你这边，所以才实话相告！"阿肯说，"醒醒吧！你已经三十一了。"

阿肯看着我点头，詹望看着我摇头，金牧看着我叹气。

我懒得去争个面赤耳红，何必在乎别人的眼光呢？我觉得目前状态挺好，一直在我理想的美食美酒人生路上前行。既然感情的投资百分百失败已成事实，早无力回天，不如珍惜现在吧，泰尔特尔堡干红已快见瓶底，要尽快给自己再倒一杯，这才是最重要的。

送走三个醉醺醺的老友，躺床上后开始失眠，我想着戴安安对我的指责，想着上次和张霏圆的谈话，想着三个好友对我的训斥，凭什么大家都认定是我亏欠戴安安？我厌恶这种分分合合的日子，我要开始新生活。

起身下床，拉开衣柜，我开始清理戴安安的衣物。半个小时后，我被堆在客厅的小山吓了一跳：十条礼服裙，七件大衣，六套泳装及三十多件内衣短裤、十三件衬衫等，还有五个纸盒子，除此外鞋柜里还有高跟鞋、白色芭蕾便鞋、皮拖鞋、运动鞋、绣花鞋共十六双，这些物件堆在一起竟达一米多高。我开始将物件向纸箱内装，在把几根缠绕着的丝巾扯出来时，将一个盒子带倒在地。我本以为是什么过期账单和垃圾宣传物之类的，于是丢到垃圾篓，刹那间一些陌生奇怪的字眼在眼前晃过，所以我立刻又将信从垃圾篓内掏出来。

大致翻看几封信后，非常非常明显，这些都是手写给戴安安的情书。我一屁股坐到地上，一个半小时内我咬牙切齿、浑身颤抖地看完所有信，截至最后一封情书，竟然是上周四写的。我愤怒又无力地靠在桌腿上。

今天下午，我刚想通被戴安安牵着走的这八年，她虽没我爱的更深，但也算彼此相爱，所以我才会一次又一次地复合，虽然很痛苦也算有意义。但我从没想过戴安安会勾搭上别的男人，这一沓手写情书像火箭般穿破我的胸膛。现在我才知道，八年前戴安安就与这个叫"你的狗狗"的男人开始地下情。在这些情书里，他喊戴安安为"小安安""我的戴戴""我永远的小女孩""我最美丽的小安安"。让我不能容忍的是在一封信中他称戴安安为"性感小猫"，多么如饥似渴啊。

猛灌几瓶啤酒，我再次忍着怒火翻看所有的情书，那些亲密字眼儿活灵活现出这对狗男女偷情的画面。狂怒之下，我拨通戴安安电话。

她竟爽快接听，"干吗？唐德，别再骚扰我，我们分了。"

"给我解释清楚'狗狗'是谁？"我愤怒地把酒瓶摔到地上。

"我不知道你什么意思？"她竟打起马虎眼。

我被气得脑袋嗡鸣，"你别装蒜！我刚看了他写给你的情书，真甜蜜啊！"

她意识到我说的是何事，大叫一声，"你太不道德了……你凭什么乱翻我的东西？"

"你应该很后悔让我收拾东西吧，多亏我不道德，否则还真不知道你的这些龌龊事！"

"我和他清清白白！"

鬼才信清清白白，男人都知道，一个女人歇斯底里地说什么都没发生，那就是什么都已发生！

"是吗？他可比我认识你还早呢，你们认识这么久，傻子才信什么都没发生……"我控制不住冷笑，"不敢承认对吧？"

她轻蔑地回答我，"啊哈，和他睡了又怎样？我喜欢被人追求，喜欢收情书，我喜欢情调，喜欢柏拉图，这和你有关系吗？我们已经分手了！"

"你……"我被她气得说不出话。

她挂断电话。

我拨过去，她又挂断，我锲而不舍地拨，电话接通。"我不想解释，什么也不会说的！"她理直气壮地喊，然后摔下电话。

脑子一片混乱，我的女人背着我搞了八年地下恋情，按照她的说法，搞地下恋情的原因是因为我是个没激情没情调的蠢货白痴！我不明白一向比修女还严谨的戴安安何时变成一个喜欢情调的风骚女人。不是我没情调，不会写情书，主要觉得这种模式太虚假，全是泡小妞伎俩。对于注定做老婆的戴安安，不用玩这种小把戏。

灌下半瓶冰水后，我逐渐冷静下来。这次事件让我看清状况。她给我戴绿帽是事实，分手也是注定的，但我不理解为何我这个热爱美食懂红酒又会过日子的男人，在戴安安看来却是个没激情没情调的蠢货白痴？一瞬间冒出个荒谬念头，为何不从现在开始给她写情书呢？我们是分手了，可谁又规定分手后就不可以给对方写情书？我要用最优美的文字写下情书，写下我们八年来的美好，让她知道内疚、羞愧和羞辱是什么意思，让她后悔离开我，后悔自己的错误选择，我唐德其实是个非常浪漫的男人。

凌晨时，我起身开始写第一封情书。

亲切又亲爱的小戴戴小安安小甜心：

我永远不会忘记你，无论我们分了多少次手，我们还是又重合一起……这次我绝对不再和你复合。如果时光可以倒流，我绝对会选择一开始就没爱上你。

现在想想我俩初次相遇的事，我心里很不爽。那天是在大学食堂门口，我不小心打翻了你的牛奶瓶和那盘水煮花生，还有你嘴巴上咬着的大饼。你让我赔偿。你说话的样子和表情很迷人，我被一股电流击中，决定泡你！

经过我再三证明自己不是骗子后，你同意了我做一顿饭补偿。

我去了北京友谊商店，买了一块三文鱼和一些蔬菜及坚果，随后我们来到一个住校外的某个同学家，照着书开始做，给鱼涂抹油、盐和胡椒，以醋代替柠檬，然后用你纤纤玉手剥出的蒜瓣开始煎三文鱼。当香气散发出来后，我从你眼里看到一种惊讶的贪婪，你的舌头似乎动了两下。我很为自己就这么泡到你而骄傲。

五分钟后，你一个人吃完了所有三文鱼，竟没分我一口。从吃鱼事件就看出你是个只顾自己感受的自私女人，你让我恐惧！如果有先见之明的话，我绝不追你，我一万个后悔让你住进我的心房！给你做三文鱼是我这辈子做过的最傻、最蠢、最后悔的一件事！

你的小狗狗，小德德，小唐德

1 Moon Brine（宫廷腌乳瓜）：一个著名的腌黄瓜品牌，喜欢推出将旧式腌制法融合新式工艺和口味的罐头食品。

2 泰尔特尔堡干红：这是一款法国波尔多产区推出的红酒，由赤霞珠、美乐、品丽珠和维多克等数种葡萄酿制而成，陈年酒的颜色呈深红色，有黑草莓和黑醋果的香味，口感深厚圆滑。

3 格兰奇佳酿：有人喜欢称"奔富格兰奇"，隶属澳洲巴罗莎山谷最具声望的奔富葡萄酒庄园，它令人喜爱之处是酒不用储藏太久就可饮用，且口感软化，闻起来有股热带水果风味。

4 巴黎银塔餐厅：法国最负盛名的餐厅之一，已有几百年历史，这里最出名的是烹饪鸭子，坐落于Quaide la Trournelle，可以看到巴黎圣母院的美景。

美食狂记事三A
红椒黄瓜炒墨鱼

　　世界万物是平衡的，食物也有五行，也有相生与相克。

　　我唐德呼吁：所有烹饪高手们注意啦，你在注重烹出一道菜的美味时，一定要考虑其各种原材料是否相克，否则就没有营养价值。

　　我的烹饪原则是创造出的每道菜都需兼备口感与健康。我今天招待四个不停嘲弄自己的"狐朋狗友"的"小黄瓜炒墨鱼配甜红椒"，就是道很有营养的菜，也很耐看。

　　只是，只是我吃的很不爽。

材料：

墨鱼仔六头

小黄瓜一根

红甜椒半个

橄榄油适量

盐适量

制作方法：

步骤1：将黄瓜切成两毫米左右的薄片，红甜椒去蒂，洗净，撕成片。

步骤2：将墨鱼仔洗净，去头部，只留身体，撕除外膜，先切成条或块，简单地用刀在内侧边沿随便划几下，就当刀花啦。

步骤3：将切好的墨鱼放入滚水烫至八成熟，捞出再用冷水浸泡。

步骤4：锅内加入橄榄油，放入红甜椒和墨鱼仔、黄瓜片，中火颠锅四十秒左右，撒入盐即成。

美食狂记事三B
中式三文鱼

　　想制造个浪漫？俩人一块吃上一顿美食是个好方法。

　　我美食狂唐德的初恋就是由撞翻一个女孩的午餐开始的。我看到这个女孩的第一眼就坠入爱河，那是九十年代的中期。还是学生的我不惜花费半月生活费，去当时卖外国货有名的友谊商店买来三文鱼负荆请罪，那天做的菜就是蒜香三文鱼。

　　当天我验证了征服一个人先征服对方胃的伟大名言。无论她戴安安愿不愿承认，那天她是一个人吃完所有的三文鱼，如果我有先见之明的话，我就该厚着脸皮抢过来吃一块！毕竟那可是我烹饪三文鱼的处女秀啊！

材料：

三文鱼一块或适量

大蒜五瓣

香葱两根

柠檬一个

香菜一根

甜红椒半个

黑胡椒粉少量

黄油两块

橄榄油适量

红葡萄酒适量

盐适量

配菜：

西蓝花

胡萝卜

香芹

杏仁

草莓

制作方法：

步骤1：将三文鱼解冻，不要用热水或微波炉，最好是自然解冻，否则会破坏鱼肉质感。用吸水纸拍干水分。把两个柠檬片的汁水挤在一碟橄榄油内，快速搅拌均匀后，涂抹在三文鱼上腌制两分钟，再抹上少许的盐和黑胡椒备用。

步骤2：利用腌三文鱼时间，将半个柠檬、两根香葱、两圈甜红椒切丝、一根香菜、三根香芹与一小匙橄榄油及适量盐，用搅拌机打成调味汁，待用。

步骤3：在锅内加入水，放入适量盐，然后把西蓝花、胡萝卜片煮至八成熟。

步骤4：煎锅烧热，放入黄油，待融化后放入蒜蓉煸出香味后放入三文鱼，先煎一面待定型后翻面，在两面变金黄色后倒入三分之一杯红葡萄酒，待收汁四五秒后盛盘，将之前的调味汁淋在三文鱼上。最后用西蓝花、胡萝卜片及新鲜可口的干果、草莓作装饰。

五 辣椒酱事件

　　判断两人关系是否和睦，吃饭是最快速的检验方式。当你们习惯了一块吃饭，就像发生过化学反应，两人会不由自主地形成某种和谐关系。一旦其中一方不想再继续，只需减少一块吃饭的次数，或转变自己的饮食习惯，让关系逐渐出现消化不良。我和戴安安的关系比消化不良更糟糕，我们俩长久的关系模式就像食物穿过肠道却没吸收，最终分手只是时间问题。只是她比我先踏出第一步，且她在九年前就提前踏出。

　　在厨房内切辣椒时，汁溅到眼里，一瞬后我的世界一片火辣。又气又急地用水清洗眼睛时，我突然很想这样报复戴安安一次，让她也体会体会我的倒霉，感受一下我的疼痛，我真的很想原谅她，可尊严却无法释怀。

　　有时候，感情就像剁椒酱，它后味很好，但初入口却很冲，和爱情里那些不愿妥协个性的男女一样，如果想要美好，其中一方必须要妥协。我就是那个不停寻找角度适应戴安安的人。情书事件没发生前，这是个保持彼此新鲜感的捷径，只要你明白自己的目的，你就能掌控全局。所以八年来，我一直像演戏一样经历不同的争吵桥段，这一直是我的秘密。但爱情最终会走向两个方向，幸福的与悲哀的。当经历了一百零三次分手和情书事件后，我突然无比渴望和戴安安的关系不是剁椒酱，最好能像辣椒油一样。它可以没有新鲜感，可以只有一种口味，吃多也不腻，就是那些外人看来彼此没有真爱却住在一起的关系，从不为彼此动怒，就像两个熟悉的陌生人。当有一天，感情遭遇触礁，痛苦就不会如此鲜明。

我心里盘算着，如果没有和戴安安一百零三次分手，没有碰到霏圆，没有这么急切地想把她彻底清除，也不会在衣堆里发现情书，也许我不会发现自己活得如此悲哀。此刻的我或许正在某个酒窖内挑选红酒，绝不会无聊到帮阿肯她老妈做剁椒酱，也不会被辣椒汁溅到眼里，最后不得不戴上墨镜。

我为这种腌制的鲜辣酱起名叫万能调味酱，它做起来并不复杂，在任何一家超市都能买到所有原材料。不过我更喜欢去大型蔬菜市场，像北京的锦绣大地中心，在那里不仅可以买到国内外各种蔬菜和瓜果，还能找到一些奇异野食，像生荬儿菜、八角菜，胡豆和火焰苗，这些时令山野菜绝对会给味蕾带来惊奇。

快中午的时候，电话响起来。我让答录机接听，是我表弟雷蒙。

"唐德，你在吗？接电话啊，你手机没开！喂——看来没在。"雷蒙说。

"那怎么办？"另外一个人问。

"他手机关机，无法联系到本人。"雷蒙回答。

“听你说这是他女朋友一百零三次甩他，会不会出事？”另一个人问。

“你说我哥唐德可能想不开自杀？笑话！我告诉你，他可不像表面看起来那样愚蠢，他聪明着呢，小时候他是所有亲戚都夸奖的好学生，全校女生的偶像呢。”

我差点儿拿起电话反驳他：你小子形象多好啊，长的精灵古怪，皮肤又白又嫩，看起来真的很娘娘腔。

声音停顿片刻，“哦，这样啊，他是不是患中年危机？”

有点常识好不好，我才三十一岁，还没到中年呢！

“我表哥是打不死的蟑螂，有着顽强的生命力，或许他已经出门去你朋友餐厅的路上了，放心吧，他一定会帮忙研究新菜的，他可是个美食狂！”

看来他们俩忘记刚才的电话没有挂断，我这边还保留录音呢。嗯哼，雷蒙，你等着瞧吧，证据确凿，看你怎么狡辩！

找好久才找到雷蒙说的“禄”餐厅，在前门附近一条曲曲折折的胡同深处，主要是针对VIP开放。这里最畅销的便是一份干菌鱼露蛋炒饭配上一杯由青橄榄、青柠和薄荷叶加金酒伏特加的鸡尾酒。我放弃餐厅服务员给我推荐的菜单，改要一杯绿茶，坚持今早给自己定下的减脂计划，远离咖啡，远离肉食，远离油和糖，并杜绝所有带糖和刺激性的饮料，所以剩余的也只有茶、蜂蜜和白开水。

“看过你和雷蒙的合影，”雷蒙的男友森打量着我，“你看起来比照片上……要壮实一些。”

"是吗？中年人都会发胖的。"我没好气地回敬他。

"你情况没那么糟糕，顶多有一百七十斤吧？"他似乎忘记一个小时前污蔑我的事。

"谢谢，我一百五十斤。"又想起他和雷蒙另外一个讨论，"你觉得我有自杀倾向？"

他先疑惑地看看我，然后猛地伸长脖子，瞪大眼睛，"没有啊！你……为什么这么说？"

"是吗？"我冲他冷笑。

这时雷蒙走过来，森立刻紧张兮兮地起身。

雷蒙站在我对面上下左右打量我，"哥，你胖啦，安安姐离开后你是不是在暴饮暴食？"

"不至于。"

"也是，何必呢，反正你们还会和好，什么时间给她打电话？"

"没打算。"

"你什么意思？"

"就是彻底分手的意思。"

"你打灯笼也找不到安安姐那么好的女人啦，如果是我，早娶她了。"

"那你娶吧，我没意见！"

我想起写情书给戴安安的"你的狗狗"，难道这个人是雷蒙？在雷蒙的世界里，除他老姐和老妈，大概只有戴安安这个动物是女性。"雷蒙，我问你，你实话告诉我，你是不是喜欢戴安安？"

"当然喜欢啊，她会是个好嫂子。"

"你给戴安安写过信没？"

"发短信算写信吗？"

"我说的是手写信。"

"我怎么会给戴安安手写信? 多古董啊!"

看来, 这个"你的狗狗"绝不是雷蒙, 他是通过我认识的戴安安。犹豫片刻, 还是将情书事件说给他听。

"会不会是安安姐大学时收到的情书啊, 你是知道的, 女生都喜欢保留点小秘密, 这样她们年老色衰后就有点事情可做, 回忆往昔青春年华, 编织黄粱美梦, 打发死亡前的日子。"雷蒙说。

我一直觉得雷蒙对女人充满敌视, 不过这不是我和他正在讨论的话题, 继续说情书的事儿, "我倒希望是这样, 不过事实是这些情书从戴安安大学时代开始有, 那还只是所有情书中的一小部分, 我和戴安安认识后, 那个叫'我的狗狗'的男人还继续写情书, 直到我们这次分手前一周, 写了整整九年的情书!"

"靠!"雷蒙眼珠子几乎掉下来。

森也直起身子, 竖起耳朵, 停止刚才佯装翻杂志的样子, 光明正大地偷听。

"几乎每个月一封, 我数了下, 一百零三封, 和我们的分手次数一样多。"

雷蒙仍处在吃惊中, "哇! 没想到安安姐竟有这么大的魅力啊, 能让一个男人如此迷恋她!"

雷蒙的反应让我有点失望, 也让正在喝水的森呛得咳嗽起来。我以为他会狠狠痛斥戴安安的不守妇道, 没想到他是站在戴安安那边的人。

"你那个情敌叫什么名字? 我们找人揍他!"森说。

"叫'我的狗狗'。"

"什么?"

"是'你的狗狗',也不是你的狗狗啦,"我冲他无奈地挥挥手,"他情书上的署名就叫'你的狗狗'。"

"哦!"他似乎被我搞糊涂了。

这时雷蒙说:"那你要小心,这个男的真有可能撬走安安姐,我觉得你赶紧给她去个电话,这辈子你恐怕找不到比她更适合的老婆了。"

我忍住怒火,懒得再说一句话。既然连我亲爱的对女人没兴趣的表弟都认定戴安安是最适合我的女人,而我目前又对实际状况持有不同意见,也只有沉默以对,不再辩解。这时餐厅老板走过来,正好给我解围,然后得以转变话题。

三个小时后,我被雷蒙搀扶着离开"禄"餐厅。回家路上,呕吐感一点都没有停止,我让司机调转车头,直奔戴安安的暂时住处,每次我们吵架后她都会去的地方——张霏圆家。

我敲开霏圆家门后,一眼就看到戴安安,她坐在客厅地板上跟随着音乐打坐。霏圆想将门关上,我立刻用腿挡住,在来回推搡几次后,她放弃努力,转身冲戴安安喊,"唐德来了!"

以前遇到这种情况,戴安安一般会跳起来大发雷霆,这次不同,她竟缓缓地转过头,上下打量我一番,"你有什么事吗?"她声音平静。

"能有什么事?!"听她语气我也不好发火,我总不能无缘无故大吵大闹。

我进入房间,佯装不在意她的问话。我拉着霏圆说话,指着一尊佛像问哪儿买的,上次被我碰碎两半的花瓶是否修补好,建议厨房地板该修补了。再拉开酒柜给自己倒了杯酒，拿下挂在墙上的巨大拨浪鼓来回拨几次后，戴安安终于动容。

她站起身走到我面前，将拨浪鼓夺走，"我给你五分钟时间，有事就说，想吵架的话就开口，然后请你尽快……消失！"

"你刚才想说'尽快滚'，是吧？"

她不接我的话，抬起手表，"现在已过去两秒，五分钟后你再不出去，我就喊保安来帮忙了。"

"既然都这样了，那好吧，我问你几个问题。"

"请！"

"那个人是谁？"

"你没必要知道！"

"你爱他吗？"

"这很重要是吗？"她顿一下接着说，"可能爱吧！"

心开始隐隐作痛，怒火也轰轰燃烧起来，"他比我好在哪里？"

"温柔，体贴，有追求，且事业有成，比你身材好，比你健美，比你有型！"

"嚯！"胃里直冒酸水，戴安安一定在夸大事实！"那他会做饭吗？"

"我希望他不会，可惜他手艺不错。"

"比我还好？"

"比较对我胃口！"

就这么一句话，我就落了下风。本以为能借烹饪手艺扳回一局，谁知持有决定权的戴安安投了他的选票。这个打击让我脑袋有那么几秒的空白，将之前打的草稿丢得一字不剩。我就这么孤立地站着，不知道还能回应什么。大约半分钟后，脑袋里才冒出一个问题，"他一般最先吃哪颗乳头？"

她重重地吐口气，抬起胳膊，食指指向大门，"请——你——滚！"一个字比一个字大声地说。

霏圆也走过来，"唐德，你太过分了！"

"那她背着我和别人偷情九年的事过分吗？"我竟用很平静的声调说。

戴安安怒瞪着我，我与她对峙数秒后，突然觉得自己很无聊。相爱八年的女友出轨了，但目前这一切的结果显示好似把事情搞砸的人是我，这真是有意思。

冲动地做一件事很容易，而让一个人接受某个事实却很困难。刚才那种情况下，我可以对戴安安大发雷霆，却选择离开，而且非常绅士地没有摔门。在我出门下楼，走过一个拐角后，麻烦就来了。内心的疼痛和怒火突然爆发，我发狂地一脚踢向垃圾桶，随后我感觉更难过，刚才还只是心痛，现在连脚趾也跟着疼起来，像被切掉似的。

回去路上，我思考着戴安安与我的最终结局，通过今天的谈话来看，算是彻底分了，除非我病得只剩最后几口气，才有可能会给她去一个电话，或发一条短消息："我爱你"？or"我恨你"？

选择哪一个？

回到家，我对着镜子打量自己。这个人是我吗？眼球通红，双下巴，右脸颊上长着个米粒大的白头痘痘，嘴角也因睡眠不良下垂着。我连续用力搓热双手，捂上脸颊，捂上眼睛、额头、嘴唇和下巴。弄完这些后，龇龇牙，再看镜中的自己，除嘴巴返回正常，其他部位还是肿得厉害。

这一刻，终于意识到，辞职后持续两年的美食美酒人生，我似乎正在变成一个拿手指头轻轻一按就喷出一堆脂肪油的怪物。我已不是曾经的帅哥唐德，我快成了患上高血压、糖尿病的大胖子唐德。

刷牙间、挤痘痘间、刮胡间，耳边仍回响着这个预兆，并且越来越强烈，到最后我甚至听到有个声音一刻不停地絮叨着唱：唐德你要胖成一个大鸭梨，头尖腿儿细，臀大腹肥，你这个肥猪大鸭梨！

我给哥们儿阿肯拨去电话。

"阿肯，你觉得我厨艺怎么样？"

"你在我心目中是当之无愧的厨艺之王，怎么了？"

"那你觉得我这人怎么样？平心而论！"

"兄弟，你这是发哪门子神经？！"

"阿肯，问你个专业问题，你觉得我需要抽脂吗？"

"嗯，让我想想——其实你也不算特别胖，就是腰围大了点，其他身体部位算基本正常，你可以来次腹部抽脂手术，然后再去健身房锻炼身体，保证能把身体线条恢复到大学时的状态，实话说女人都喜欢健壮点的男人，当一个男的没梁朝伟的眼神，没金城武的面孔，也只有让身材好才是正理，没女人喜欢与大肚男上床。"

"谢谢，今天有空吗？来我家吃饭吧，顺便给我讲讲手术！"

他拒绝了。我又用他最爱吃的外婆酿蔬丁豆腐诱惑他，我再次被拒绝。这让我很纳闷，在我的菜单上，这道菜只标着阿肯的名字，这是他过世外婆的私房菜。当初他口述给我后，我花费三天时间试验，用橄榄油代替猪油，用白葡萄酒腌制最新鲜时令蔬果提香入味，最终总算让它再现江湖。引用他很文绉绉的赞美话，"用葡萄酒腌制真的是绝了！吃一口看似平常的豆腐，品着酒香和蔬果香，体味出一股很春天的滋味。"

接下来，他压低声音，"唐德，拜托你个事儿，假如我老婆打电话给你，你就说我喝多睡你家沙发上，今晚不回家了。"

不可置信！一向做事规矩又有原则的好丈夫阿肯竟让我替他掩盖鬼混的事儿，"这可不像你啊。"

"去会个老朋友而已！"

挂上电话，阿肯偷情的事让我想起戴安安和她的狗狗，他们偷情的画面充斥在脑袋里。那个男人身影模糊，他喜欢与戴安安在郊外的旅馆见面。我推断这个男人的年龄应该比我大五六岁，理应结婚，甚至会有个女儿，他一直爱着戴安安，但不如我爱戴安安更深。他一直背着老婆和戴安安交往，戴安安也知道这个事实，可她爱这个男人比爱我更多，所以甘愿当对方九年的情人。我纯粹就是一个受害者，当了八年傻瓜。我平息不久的怒火又熊熊燃烧起来，我愤怒地立下毒誓，要好好地"报答"戴安安。同时，为了男人的自尊，我要向所有人展示，没有了戴安安的日子，我活得更好。

美食狂记事四A
万能调味酱

　　今天我唐德切辣椒时，不小心汁液溅到眼里，在一片火辣的泪流中，开始了一场辣椒酱与爱情的思考。我觉得自己和戴安安之间的感情就像这款酱，初入口很冲，后味却很好，可惜我俩都不愿意妥协，最终发展成这一百零三次分手。

　　很多朋友都告诉我，倘若我和戴安安真想走到一起，那么我们两个人就应该明白一个道理，某些时候爱情总是先苦后甜，哪怕是一直苦着的，也要坚持。

材料：

辣椒任意一种一斤

大蒜六瓣

姜四片

盐适量

糖适量

鱼露适量

鸡粉适量

高度白酒适量

制作方法：

步骤1：所有的原料、容器、工具（刀、菜板）都要干净无水，保证剁椒酱可以保存很长时间。红辣椒洗净，擦去水分，去蒂，用刀切碎，辣椒子保留（有点硬的根部扔掉）。剁的不用太细，要能看出辣椒剁成了一个一个小片的样子。剁的时候要戴手套，否则辣到手会很难受的。

步骤2：姜一块（半个拇指大小）先切碎，与大蒜一起捣成泥状，捣的时候少放一点盐，可以防止蒜汁溅出来，可以让蒜泥成黏黏的样子，更能出味。

步骤3：把加工过的辣椒、蒜、姜放入一个干净无水的器皿内，搅拌均匀，放入盐、糖、鱼露汁及鸡粉，充分搅拌均匀，淋入十分之一量的白酒，放置十分钟。

步骤4：把酱放入一个干净无水的瓶子里，盖上盖子。在室温中放置五小时后入冰箱，两天后即可。每次吃时，用无水匙盛出入碟就可美美享用。

美食狂记事四B
外婆酿蔬丁豆腐

　　童年食物是记忆里最难忘的味道。

　　我的好友阿肯一直难忘外婆做的蔬丁酿豆腐，曾经某天他给我口述了这道美味，并恳求我实现愿望。于是，我带着友情和毅力踏上还原菜肴的漫漫长路，经过多次实验，终于重现了阿肯记忆中的美味。

　　用阿肯很文绉绉的原话说，"用葡萄酒腌制真的是绝了！吃一口看似平常的豆腐，品着酒香和蔬果香，体味出一股很春天的滋味。"

　　创造、还原与重复，这是我享受的三个烹饪历程！

材料：

豆腐一块

时令蔬丁一小碟

白葡萄酒一杯

麻油一小碟

葱末适量

姜末适量

蒜末适量

橄榄油适量

盐适量

糖适量

胡椒粉适量

制作方法：

步骤1：准备一块三百克左右的嫩豆腐，用刀将其修成圆形，在葱姜盐水内焯四十秒左右，让豆腐定型。

步骤2：随便准备一些时令蔬菜，切成小丁，用白葡萄酒腌制十五分钟。

步骤3：锅内烧热橄榄油，爆香葱蒜姜末后，放入豆腐，并在每隔三十秒左右时，在豆腐周围淋些许油，防止粘锅的同时还能使煎出的豆腐更好看，一面煎好后，再煎制另一面，使其两面呈金黄色为佳。

步骤4：另取一个长柄小汤锅，将蔬丁与白葡萄酒一同放入锅内，加入盐、糖、胡椒粉，大火烧沸腾，放入煎好的豆腐并改小火，慢慢烹制。为了汤汁均匀，要不停地向豆腐上浇汤汁。

步骤5：在中间翻个面，使其两面温度均匀，用小火酿制四至五分钟即可。

六 女人有毒

　　在自然界中，越是鲜艳好看的植物往往毒性就越大。漂亮女人也是如此。当不漂亮的女人成为毒药，问题就变得严重，她的外貌却是件完美隐身衣。这类女人堪比剧毒鹤顶红，无色无味，只有吃到肚里，毒性发作后才知道。

　　戴安安不属于漂亮女人行列，她的毒是秘密地慢慢沁入我的人生，一小步一小步地摧毁我。其实在我俩刚认识那会儿，我就有了先知先觉。那是七年前的大学时代，她整日黏着我，几乎占据我生活三分之二的时间，潜意识里有个声音告诉我，如果想活的轻松、想顺利大学毕业、想拿下一年的奖学金，我就该远离她这类女人。于是某天下午课后，我和戴安安谈了谈我需要个人空间的事。她的第一反应是几秒的沉默，然后用祈求的眼神和几乎哭的口气：你厌烦了我哪一点？我改！这是她的原话。

　　在她亲吻我时，我就将个人空间抛到脑后。现在想来，或许这是她对我首次下毒。并不全怪她，这也是我自己人生里的最大失算，意志力不够坚强，没有坚持自己的原则，最终我成为爱情关系里那个妥协者。

　　从我个人实例来看，一个女人是否有毒的决定权在男人身上，如果能够顽强抵制来自女人的诱惑，那么男人中毒的事情还存在吗？

　　好友金牧是小强型已婚中毒男，在毒性攻心之际，他能在最黑暗角落摸索总结出自己的解药，例如他将老婆张英施的辱骂当成道家所谓的入世历练；将每月工资上交当做人类社会发展至极致时财产为公的理想模式；将每月低限度的零花钱当成锻炼自我理财的绝佳状态。与我穿开裆裤一块长大的阿肯是任何毒药都无法撼动的男人，他看起来很温和，总是笑眯眯的，对待任何女性，甚至老婆，他总是做到适度热情、适度真诚和适度投入，毒还没沾到，他就能闪身；至于詹望，他与我们完全不同，他总是佯装中毒，他最喜欢找难征服的女人去挑战，一旦达到目的，就玩消失，当然很多时候都要归功于他那张帅脸。

　　假如时间倒回大学时代重活一回，金牧肯定不愿意再中毒，阿肯绝对情愿再中毒，而詹望会继续假装中毒，至于我则一定会变得小心谨慎，追求一个女人前会分辨她是否有毒。如果有毒的话是否值得吃下去。或许对漂亮女人明知有毒我还会追求，而不漂亮的有毒女人则一定会极力杜绝，戴安安的毒我早吃够。

　　下午一点左右，我来到健身房，今天是第一堂健身课。说实话，这辈子我最讨厌运动，由于初中参加一千米的联校运动会，在我以第一名的速度即将达到终点时，老天却开了个让我发糗一辈子的玩笑：我绊倒在地，毫无准备的直愣愣地趴倒在跑道上，满嘴灰尘，脸颊热辣辣，那热辣辣的感觉似乎都能摊鸡蛋饼。这不是最让人绝望的，当我抬起头，发现自己离终点只有五米远时，脑袋轰的一下炸开。老天啊，干吗不让我一头栽晕，这简直是纯粹拿我取乐。

那次长跑落下后遗症，原本誓死不再跑步的我，在不愿再被嘲笑、不愿变成脂肪怪物和开始新生活打造新形象的动力驱使下，在身材火辣的女健身教练轻声细语的鼓励中，终于踏上跑步机。

缓缓走五分钟，我逐渐适应，感觉到有美女一同陪练很惬意。说实话我很想泡她，不过仅仅是想想而已，她这样的女性，眼光都很挑剔，如果我不是她教的学生，她甚至连看都不会看我一眼。

一个半小时的训练结束后，我终于鼓起勇气邀请她，"美女老师你几点下班？我请你吃饭吧。"

"我晚上一般不吃饭。"她说。

我心里一阵后悔，这样的女人一定很多人邀请过，在我以为被婉转拒绝时，却又听到她说，"偶尔也吃，不过我可是很挑剔哟。"

我有点受宠若惊，"哈呵呵，我还真没遇到无法征服的胃口呢！"

"听你的意思要亲自做饭？"她瞪大眼睛，挑着眉毛问，"我可以提要求吗？"

她的意思很明显是同意，我心里一阵激动，"必须的！"

"嗯……"她思考几秒，"我喜欢吃辣但不想吃麻辣的，我喜欢吃肉但不想吃太有热量的，我喜欢吃既能当主食又新鲜开胃的菜，最好有点甜味，"她又补一句，"别太麻烦，一道菜加一小碗粥就OK。"

"就这么简单?!"我装出不可置信的表情，其实心里仍在琢磨如何实现她的要求。

她点头，"对，一顿简餐，不复杂吧?"

回到家看到堆在客厅的戴安安那些没拿走的物件，我之前那股冲动立刻平息，开始觉得邀请李雪莉来吃晚餐是个错误。毕竟，我刚分手，前女友东西还没有完全搬走。李雪莉年轻、性感、漂亮，我害怕她来我家后，我会因激动变得紧张兮兮，不停打翻东西出丑。而她就像看场滑稽戏，认为我笨手笨脚，是个白痴，从此避而远之。

还是心痒痒，主要是迄今为止我只有过两个性伴侣，这让我很不舒服。三十一岁的忠贞男人，身材开始走样，又被甩，且对方出轨在先，算彻底分手。当一个恰当完美的女人对我挺有好感，有什么理由拒绝呢? 想通后浑身充满干劲，先将戴安安物件清理到书房，接着洗过澡打理过头发，穿上条收身长裤，套上件能掩盖游泳圈的宽松黑色T恤，照照镜子，还挺有模样的。

我调动整个脑袋内的美食数据，从种类来筛选，从气味来分析，从能量来对比，从口感来定位，最后我得出答案:辛辣小米椒，开胃柠檬，新鲜气息的香菜叶配低热量鸡肉，采用焯水和无油凉拌，淋蜂蜜提味。

我清楚李雪莉肯定会用这道菜来判断我之前是否说大话。这道菜内甜味就是关键，使用蜂蜜是个很冒险的创意。本来用柠檬汁加白糖制汁也能保证适口甜味，但菜的热量会大幅度增加，是做符合她口味的食物？还是冒险一次做健康食物呢？我很肯定无论选择哪一个，非专业人士都不可能识破，可若选择造假，就完全违背我的烹饪理念：如果想做出真正的美味，必须对自己的行为负责，坚持饮食世界与现实世界的统一。

将鸡肉煮好，撕成丝用蜂蜜刚腌上，门铃响了。我很诧异她的早到，本以为女人都会习惯性迟到半小时，所以相应推迟进入厨房时间，我不由得仓促起来。

跑去开门，李雪莉穿着松松的灰色T恤配上低腰的束身牛仔裤，甜美又性感。

"嗨！"她递给我一瓶酒，"给你买了瓶雷司令¹，相信你会喜欢！"

我接过，"这是我收到的最佳访客酒！谢谢！"

她又说，"我还有个朋友一会儿就过来，你不介意吧？"

我感觉有点蒙，从没考虑她还会带朋友的可能，"啊？哈，欢迎欢迎，三个人吃饭最好！"

她似笑非笑地耸耸肩，"要不我给朋友打电话别来了，就说你只准备两个人的饭……"

"别！"尽管很希望今晚只有我俩，可我还是说，"三个人一块吃挺好。"

在房间参观一圈后，她跟着我一同进入厨房。

"依照你要求，不麻但辣，无油低热量，新鲜又开胃，我准备做道辣拌柠檬甜鸡。"我找个话题。

"哈，你真做了？"

我将小米椒和柠檬汁调制的味料淋在鸡丝香菜上，"这是个新尝试，我也是第一次做。"

她打量菜后，看我的眼神也变了，如果我没猜错，绝对是种不可置信的崇拜目光。

我很得意地继续说，"再等几分钟，用崂山淡味矿泉水熬制的晋祠大米粥就可以喝了，你要求的一道菜加一小碗粥哦！"我学她的腔调说。

她被逗得直乐。听到她悦耳的笑，我一时心猿意马：假如李雪莉这样的女人有毒，我心甘情愿中毒一次。

她走到用纱布盖着的沙锅前，嗅了嗅冒出的蒸汽，"第一次看到有人这么煮米粥！"她看着我用保鲜膜封上辣拌柠檬甜鸡丝，"你是跟谁学的厨艺？"

"自学的！"我很自豪这个事实，"不过我有好几个素未谋面的老师。首位是中国清代袁枚，第二位是美国名厨安东尼伯尔顿，第三个是华人名厨甄文达，还有英国的杰米奥利弗，法国名菜教皇保罗·博古斯，从他们的书籍和电视节目上我学到很多种烹饪方法。"

"我似乎有点孤陋寡闻啊，只知道袁枚，他写的那个什么食谱很有名！"

"是《随园食单》，我最爱的食谱之一，"搅了搅锅内的粥，"袁枚他老人家不仅会做，还特爱创造呢。就拿米粥来说吧，他认为粥的最高境界是'见水不见米，非粥也。见米不见水，非粥也。必使米水融合，柔腻如一，而后谓之粥'，只要能喝到这种境界的粥，让我拿什么换都愿意。"

她吹开热气，瞅了瞅沙锅内的粥，"你做的粥也很好啊，我觉得和你刚说的那种粥的境界是伯仲之间。"

　　明知她说的是客套话，可我心里还是禁不住美滋滋的。

　　我俩的眼神突然撞在一起，我的心立刻怦怦直跳，连忙移开目光。可她仍盯着我，很想扭头和她继续来电，可突然又胆怯。沉默几秒后，我咳嗽一下，关掉火，继续说袁枚，"待会儿借你看看他的书，别看就薄薄一本，里面的内容丰富着呢，像梨炒鸡什么的现在你根本吃不到。"

　　"是吗？"她回答。

　　我俩的眼神又一次撞上。

　　"你讲话时很性感！"她又说。

　　她这是给我快点扑过来的暗示吗？"嗯，那个……你朋友几点到？"我有点慌张。

　　她看下表，"她可能不来了。"

　　"太可惜了！"我故做失望表情，心里却兴奋的直跳桑巴舞。

　　我拿出一把MONO的弧形长柄小勺，盛出一勺粥，想尝下粥熬到哪种柔腻口感，她却说，"我要先喝！"

　　犹豫两三秒，手有点颤抖地举着勺子喂她喝，一半粥洒在她的嘴唇外，另一半粥以我近乎可以感觉出的光滑质地在她口腔内滑一圈，然后被缓缓吃进肚子。

　　"我还要吃。"她看着我轻声说。

　　她真的还想再喝一口粥吗？不过这已不重要。此刻有哪个白痴会继续喂她粥？面对这样性感女人的勾人表情和声调，我理智基本崩溃，变成下半身思考的动物，猛地扑过去。

过程比我想象的更美好。除了激烈运动时脑袋撞到冰箱，其他一切完美。非常值得一提的是整个过程我发挥出最佳战斗状态，她也乐意用性感苗条的身体与我做一系列俏皮动作。我首次体会到与一个性感美女教练一块做运动的疯狂与惬意。

我们喘着气躺在敞开着冰箱的厨房地板前，这一刻，身体无比放松。三十多年来我终于尝到第三个女人的滋味，以美满告捷，且意犹未尽。

我用衬衣擦着额头上的汗，突然想起厨房内冰桶内的酒，"来杯性爱后的冰镇霞多丽²如何？可口清香，凉爽降火！"

"好啊！"她欢呼，然后从包内找出烟，"抽吗？"

我接过烟，起身拿来酒、酒杯和火机。又坐下来，帮她点燃烟，依靠在冰箱上开酒，"问你个问题。"

"什么？"

"你怎么会看上我？"

"你像我大学老师。"

我开始有不好的预感。

"他以前是长跑运动员，后来发福了。"

……脑袋空白了几秒。本来已预料到某个临近答案，可听她说出答案，心里还是抽搐一下，看来我被人当替代品使用了，"所以你和我上床？"

"有一部分这个原因，但不是最主要的。"

"最主要的是什么？"

"你很可爱，专注做菜的样子很性感，我不由得心潮澎湃。"

我很为自身魅力自豪，如此这般去推测，那么说在我未采取行动前她已经……

她继续说，"我看到做事专注的男人就情不自禁，从小就觉得这样的男人最性感，我上个男朋友是个厨师，他很合我的要求，可就是没太多共同语言，"她吐出烟雾，"很可惜！"

我有点轻飘飘。戴安安啊戴安安，你听得到吗？我曾经多希望你也这么赞美我，可你从来没有。我多么喜欢在厨房地板上与你一块飞翔，可你从不享受这一过程。

我看看敞开的冰箱内的那盘草莓，低头问她，"雪莉，想不想来点刺激的？"

1 雷司令（Riesling）：种植此葡萄最佳位置是北纬51度，对于雷司令来说，德国最北边的气候是其生长的绝佳地。雷司令漫长的成熟期造就了馥郁的香气，没有一款白葡萄酒能像雷司令酒那样，让人们在品尝单一葡萄品种酿造的葡萄酒时，经历多层次的味觉享受。雷司令已成为德国葡萄种植业的一面旗帜。虽然其他类似纬度位置附近也有种植，不过酿出的味道与德国相比还差一截。

2 霞多丽（Chardonnay）：堪称千变美女，酿出的酒体呈现鲜明的浅黄色，澄净清凉，含有热带水果和木香，口感淳厚、清新，目前中国河北、山东、河南、陕西和新疆等地都有栽培。

美食狂记事五
辣拌柠檬甜鸡

有美女给我出难题，让我这个美食狂的准熟男做出道如此口感的菜肴，"辣但不麻辣，有肉但无太多热量，既能当主食又新鲜开胃的菜，最好有点甜味。"

调动整个脑袋内的美食数据后，我决定用火红小米椒、清新柠檬、富有柔韧感的稚嫩鸡丝和蜂蜜烹饪。菜看起来色彩缤纷，诱人胃口大开，同时营养、健康、清新又美味。

美食狂就应该这样，条件越苛刻，就越有创造性。

材料：

鸡脯肉一块

柠檬半个

小米椒五个

香菜三根

蜂蜜适量

葱姜片适量

盐适量

制作方法：

步骤1：将鸡肉先横片切成两片，放入滚腾的葱姜盐水中煮熟，然后盛入盘子内放凉，不要放冷水中浸，这容易让鸡肉纤维变硬，影响口感。

步骤2：如果没有青柠，用黄柠檬也可以，挤出其汁液后，与切成薄片的小米椒放到一块，搅拌均匀。

步骤3：把放凉的鸡肉撕成小丝，淋上蜂蜜，撒入切碎的香菜，腌制四分钟左右。

步骤4：将腌制好的鸡丝与步骤2中调好的汁水搅拌均匀，包上保鲜膜，室温放置十五分钟即可食用。

七 当偷吃者遇到杀手

　　我爱胡椒。在我的美食手册里，它是一种带着禁忌且危险的迷人香料。早在公元纪年初的时候它就闻名世界，由希腊水手从印度洋带回国，并为它起了一个特别有韵味的梵文名称Yavanesta，意为"希腊人的热情"。这种香料成为当时权贵阶层争相追逐的东西之一，甚至是向国王敬赠的贡礼。当然，世界上有很多比我更热爱胡椒的人，热爱胡椒的奇妙香味，热爱胡椒的迷人口感，热爱胡椒点缀在食物上的美。我最热爱胡椒的原因和食物无关，在我身体情欲高涨却寂寞一人时，我会拿起胡椒罐用力嗅，胡椒奇妙而刺激的香味，能帮助我克制肉体欲望。

　　在去健身房前，我身体便亢奋起来，为避免在健身房出丑，出门前我拿着胡椒罐嗅了许久。对我而言，这是最省力最健康的消除亢奋方式，它就像我的止欲胶囊，我的"衰"哥药片。我借此将李雪莉的肉体形象从脑袋里清除，或让她变成周身盈动着胡椒香的虚拟形象。

　　上午十点的跑步机上，只有我在跑步。雪莉戴着个粉色运动头套走过来，将包丢在脚边，"唐德，你今天状态不错啊，坚持三个月保证能瘦下来。"

"真的？"把跑步机调成慢走速度，"能瘦到什么程度？"

我努力让注意力集中于她的脸上，不去看她的胸部，不去想象香艳画面。

"大腿肌肉变得紧绷，腹部赘肉也会明显减少。"

"我想让腹部赘肉最快速减少，有什么运动方法？"

"增加有氧运动次数和时间，每次两百个负重仰卧起坐，一百个俯卧撑。"

我还是控制不住眼睛，从她的臀部胸部，扫到眼睛，"现在就开始？"

两个小时后，她帮我做完负重训练和仰卧起坐，最后我们以俯卧撑结束。地点不是健身房，也是不户外，而是床上。看着眯眼喘息的她，我很有成就感，也很满足。昨天还思考她和我上床是不是一时兴起，会不会有第二次，此刻的事实证明我还是很有魅力的。

"你想过交个男朋友吗？"这个问题很傻，不过还是说出口。

"没有！"她摇摇头，看着我床头上的公鸡闹钟，"固定的男女关系像煮过头的鸡肉，我还是喜欢鲜嫩点的，不会很塞牙。"

"哈，以我过来人身份来看，稳定的关系绝对应该是八成熟的鸡肉，色泽乳白，质地恰如其分地紧凑，而且轻轻扯丝还能连一块，直接吃，拌菜吃，都能如鱼得水。"

她笑出一个浅浅酒窝，"你就是八成熟的，正好不塞牙。"

我心里一阵激动。我刚分手没几天，还没到寻找下一位女友时，有位资质优秀的备选人士在身边，是我的福气和幸运。

我脑袋里突然灵光一闪，"我想做一道菜，就用八成熟鸡肉，配上你喜欢吃的辣椒。你喜欢什么颜色的辣椒？"

"绿的！"

"哈哈，有诗人曾经把感情比作辣椒。青辣椒代表喜欢，它让人感觉新鲜、自由。红辣椒则代表爱，它热烈、奔放，让人兴奋，我以为你会选择红辣椒呢！"

"外表而已，"她接着说，"青椒配鸡丝，视觉上就很舒服，我这人其实挺好相处的，唐德，那你是青辣椒还是红辣椒？"

"我是鸡肉，"见她还没领悟，我提醒说，"这不是你刚才说的吗？我是八成熟的鸡肉！"说完冲她眨眼睛。

她露出恍然大悟的表情，"你的确是！"

几分钟后，她穿着我的一件刚好盖住屁股的T恤在厨房当我下手。我将鸡肉洗净，切成长约一厘米多的肉丝。"这是我最爱的菜，"我让她把鸡蛋打散，撒入调味品，"个人觉得青椒最适合配鸡丝，红椒最适合配腊肉，两种不同色系差异代表着两种极端的味道和情感。"我说。

"哈，有道理！"

炒锅内放入一匙橄榄油和花椒粒，当香气开始让嗅觉愉悦时，我放入青椒丝，"鸡丝蛋白多，又健康又营养，配上颜色让人舒服的青椒和鸡肉熟后的奶油黄，代表着大自然里的新生，很能激发食欲。"

看她投来越来越发亮的眼神，我对自己这套理论很满意，

"如果你爱吃青椒鸡丝，可以肯定你喜欢体内有一个生机盎然的小宇宙，"说着我举起手中的铲子，"李雪莉，跟着我做，爆发吧小宇宙，请赐给我力量吧！"

她哈哈大笑，抢过我手中的铲子照着我做了一遍，"天啊，我怎么没早点认识你呢，你就像个精神导师，刚跟着你做一遍就感觉体内小宇宙有爆发趋势。"

"哈哈，我以前可是个情感专家！"我盛出炒至四成熟的青椒丝，"不过后来慢慢变成了一个爱情白痴，自我检讨过多次，我还是找不出哪里出错，你说我怎么从能一个极端退到另一个极端呢？好像我不小心冬眠几十年，醒来后发现所有人都变聪明，只有我的智力还保持原样。"

她耸耸肩，"每个爱河里的男女都是白痴！这句话你总该听说过吧？"

和雪莉愉快地吃饭交谈，我为自己没早几年遇到她惋惜。难道这就是命运？你以为一直拥有真爱，分手后才发觉，还有别的真爱存在，究竟哪一个是真爱呢？真希望能有人给我指明，或可以用体温计测量，用放大镜查踪迹。如果都不行的话，那只能像此刻的我一样凭感觉行事。在饭吃到一半，我探测到她的目光，给她暗示，然后一同来到床上。

在战斗得正淋漓酣畅之时，我的背部突然被某个冰凉的重物砸到，紧接着是脑袋也被击中。我扭回头，看到戴安安和霏圆站在卧室门口，此刻她刚扔出第三个炸弹。我快速滚下身，炸弹摔到墙壁上裂开，正好撒了雪莉一脑袋。这时我才明白，戴安安扔出的炸弹原来是醪糟米酒。

雪莉被突发事件吓坏，快速翻身下床，拿起条毯子裹住身体，用手擦掉脸上的米粒和水，雪莉看看戴安安，又看看我，从地下捡起衣服就要离开。

"要走也是我走，你们继续！"戴安安哭着大喊，然后投铅球般对准我的脑袋扔出第四个炸弹，速度太快，已无法躲开，我只好用胳膊护住自己。醪糟米酒嘭的破裂后洒在我身上，一瞬后，我仿佛刚从米缸内出来，就倒霉地被人朝身上撒了泡尿。

张霏圆双手抱在胸前，冷笑着扫视一下雪莉，又目光冰冷地看着我，"唐德，这是你这辈子做的最蠢的事！"

任谁被砸过三下后也会清醒。我拿起毯子护住身体，心底那些错落和恐慌此刻渐渐被另外一种感觉代替，那种无心插柳的报复得逞后的轻松与爽快，"是吗？那她戴安安与别人偷情的事算不算很愚蠢？如果她承认自己愚蠢的话，我就接受自己也很愚蠢。"然后我看向戴安安，"戴安安，请你告诉我是你蠢还是我蠢？"

"你去死吧！唐德——我们至此真正完蛋，我恨你！"说完她捂着脸跑开。

霏圆抛下一句"你会后悔的"，转身去追戴安安。

一阵奇怪的冲动驱使我几次想起身去追戴安安，最后都强迫自己粘在床上。我告诉自己要做一个有骨气的男人。事已至此，我并不是罪魁祸首，是她戴安安先有个叫"狗狗"的秘密情人，为何我就不能有呢？再说李雪莉也不是什么情人，她是我新遇到的一个非常非常谈得来的女人。如果该有什么后悔的人，那也是她戴安安自己，从九年前她就该明白：我唐德不是那种随手丢弃又能随手捡回来的男人，如果她甩了我，依然会有别的女人对我一见倾心。

这种报复快感只持续了一分多钟，我又慌张起来，甚至开始穿衣服准备去追戴安安。我知道这次我俩要真的完蛋、彻底完蛋。想到这个事实，我的身体突然像醪糟米酒一样冰冷冰冷。

我也很疑惑为何会冒出这种念头，报复她不是我一直渴望做的事吗？今天的情景不也是最好效果吗？可此刻为什么我会如此失落难过？

"你还好吧？"雪莉已穿好衣服。

她站在离我两米远的地方，刚才就一直看着戴安安对我的轰炸，直到事件结束，她都没有任何动作和语言。我本以为她已经离开。我迷糊地看着她，难道雪莉才是最适合我的真爱吗？

她走过来，伸出手摸摸我的脸，然后出其不意地给了我一耳光。我被她抽得直发愣。

"这一耳光是替刚才那女人打的，我知道她也很想抽你，不过她却没做，所以我替她抽吧！"说完她轻抚下我，"很疼吧？"

我迷茫地看着她。

"本来我也应该替自己抽你一耳光，就当你说自己有女朋友的惩罚，不过想想你也挺可怜，就算了。"她顿一下后问，"之前你说自己变成一个爱情白痴，就是因为她吧？"

我点点头。她跳上床，抓住我的手，"唐德，接受现实吧！"

我感觉到她的脉搏与我心脏一同跳动，我数着跳动的次数，努力地尝试清空自己。雪莉说得很正确，既然发生就接受现状，现实是残酷的，但总比过去和未来都残酷、幸运。可大脑某个部位却被生硬地挂住，我无法脱身，我好像着魔，心里纠结的厉害。

雪莉松开我的手，有那么四五秒后，用很肯定的语气说："看来你还爱她！"

我自嘲地笑，摇摇头，"八年了啊，当初我很爱她，可现在呢，我还真不知道，特别是当我知道她有个交往九年的情人后。"

我花两个小时给雪莉讲我和戴安安的故事，那些甜蜜的、那些深刻的、那些疼痛的、那些无聊的、那些背叛的事，还有一些刻骨铭心的争吵和分手。我一直以为我和戴安安是很常规的情侣，只是今天向另一个人讲我和她的八年感情，才发现我俩的关系是多么的非比寻常。

雪莉回答我，"我非常肯定戴安安一直也很痛苦，一直犹豫不决要不要和你分手，一个追她九年的男人却还没让她离开，说明她还爱你！或许此刻她应该和你一样，在没发现对方和别人上床前，觉得感情早已完蛋，但今天这件事势必会刺激她，让她意识到还在乎你！"她抽口烟，又摇摇头，"当然，这只是猜测，戴安安可能并没意识到这点，或者她早就不爱你，不过作为一个局外人，一个直觉敏锐的女人，我还是能肯定个十有七八，要不然她才不会用那么大的力气拿东西砸你。"

我苦笑，"还是用我最爱的槐花醪糟米酒砸我！"将她脖上的米粒捏下来，放到她鼻前，"闻闻？清香而不浓烈的槐花气味，还有淡淡的甘甜气息。"

"看来我的猜测挺准，米酒就是证明，不爱一个人的话，早就不注意对方喜欢吃喝什么！"

我自己也很矛盾，"可这一切还有什么意义吗？"

她站起身，将脖子间的米酒擦干净，"唐德，别再愁眉苦脸！起码你现在弄明白真相，这还不算晚，你应该想想如何才能把她追回来，而不是坐在这里懊悔一切！"

雪莉离开了，我知道她这辈子再不会和我上床，我们的关系至此结束，不过这也让我轻松的喘口气。究竟要不要"和戴安安复合"，这个问题此刻开始烦恼我。

我已完全不知道下一步该怎么走。选择放弃，那一切都变得很简单，自此形同陌路，彼此都不会再受折磨和伤害；一旦决定复合，那会面临众多问题，最困难的是如何确保她百分百地回心转意，她戴安安能保证永远不再与那个叫狗狗的男人来往吗？依照她的脾气推测，她才不会呢。无论结果如何，我们的关系势必会有以下几个走势：誓死不往来，做朋友，性伴侣，大学同学，夫妻。今天的事件把主动权交给了戴安安，所以"没答案"才是最坏结果。

无论我和戴安安的最终结局如何，我都很想让戴安安知道我对她拿东西砸我这件事的看法，这能有助她看清自己的真面目，以便理智思考我俩的关系。

致愤怒无比的戴安安：

我们都清晰地知道这样一个事实：我爱过你戴安安，你戴安安也爱过我，可我们的爱现在似乎生出蛀虫，我思考了种种生虫的可能，做了一一的排除法后，最大的问题在于你。

就拿你今天朝我身上丢醪糟米酒的事来说吧，看到自己的男朋友与别人偷情，理所当然地会将手中的物件丢出去，哪怕是把刀！我对你今天拿东西丢我无任何异议。抛开今天情况，回顾历史，我却是个被你惯性施暴的人。

以下是你朝我扔东西事件的起因和结果。

第一次，我们刚大学毕业，在卖苹果的小摊前，你因我挑选苹果的速度缓慢，拿起一个苹果砸我脑袋后怒冲冲地跑开。

第二次，在租住房子的公共厨房内，我们为轮到谁清洗蔬菜发生争执。你将一筐芥蓝扣到我头上。

第三次，未辞职前，我拿到某个月的薪水三分之二去买各种香料及罐头食品，我们爆发战争，你将胡椒朝我身上撒，用罐头砸我，而且还在夜里将凤尾鱼罐头倒进我的皮鞋。

第四次，我隐瞒了一套瑞士Easycook刀具的价格，你偷偷打电话询问厂家实情，然后你在情人节这天，将一瓶两千块钱的红酒倒进我的脖子。

第五次，我的某个生日与密友们吃火锅庆祝，你拒绝将啤酒递给我，我回敬说如果你能像服务员那样对我服务一次，我梦里都会笑醒！你拿起盘里的牛舌朝我脸上扔过来，然后在十多人面前大喊分手。

以上仅为我刚想起的，加上今天你朝我身上砸醪糟米酒，你是否内心有一些愧疚呢？是否认清自己的真实面目呢？现在我提出这样一个建议：如果拿我被你砸的所有痛苦，交换你今天逮到我和别人上床的痛苦，你愿意一笔勾销吗？

你认为这个建议如何？

真诚的唐德致上

美食狂记事六
自由鲜椒配鸡丝

　　倘若把感情比作辣椒，那么青辣椒则代表喜欢，它是新鲜的、自由的，配上健康又营养的鸡丝，有着平静色彩。而红辣椒代表爱，它热烈、奔放，适合与腊肉搭配，非常温暖和抢眼。

　　我唐德更喜欢青椒与鸡肉的搭配，青椒的青色加上鸡肉熟后的奶油黄，代表着大自然里的新生，能激发食欲，更能增加体内小宇宙的活力。

材料：

鸡脯肉一块

青椒三个

鸡蛋三分之一个

苹果醋一小碟

橄榄油适量

胡椒适量

盐适量

葱白适量

白葡萄酒适量

花椒粒适量

制作方法：

步骤1：将鸡肉洗净，先片切成二或三片，然后切成丝，淋上苹果醋搅拌均匀，腌制五分钟，让鸡肉浸入自然水果清香，同时祛除腥味。

步骤2：将青椒切丝，葱切丝。将鸡丝捞出来用吸纸擦干水分，放入用全蛋、盐和胡椒调成的蛋浆中，均匀裹上一层。

步骤3：锅内放橄榄油，放入花椒粒爆香后再捞出，然后放入葱丝和青椒丝，要用大火来煸炒，避免青椒过多失水，保持青椒的脆感，炒到碧绿时即可盛出备用。

步骤4：锅内再加入油，放入鸡丝滑散，炒至肉质八成熟时，倒入青椒丝翻炒均匀。

步骤5：大火颠锅炒四十秒左右，加入些许盐，淋入些许白葡萄酒，即可出锅。

八 要宽恕OR要味蕾

　　我是在梦里接受了采访的。采访我的是个美女,地点是床上。美女先问我最爱的五部电影。我开始罗列最喜欢的美食电影,首先是第一部《芭比特的盛宴》,然后是路易德菲耐斯的《美食家》和墨西哥电影《似水柔情之巧克力》,但她把这部电影错认为是朱丽叶比诺什的《浓情巧克力》了。

　　采访完后她急不可待地要离开,我立刻将门反锁拉着她留下吃饭。她提出要求,绝对不吃红肉。我像凭空变魔法那样整出一堆茭白,还有苦麻菜。她站在我身后看着我切菜、煮鸡肉,再用白葡萄酒、黑胡椒、糖、盐等腌制鸡肉。仿佛就是一瞬,在我端着做好的菜给她吃时,她整个人变得眉飞色舞,把小皮包往沙发上一扔,右手施魔法般伸到脑袋后,来回晃下脑袋,紧束到脑后的头发立刻弹开,变成一头性感的大波浪卷,接着她婀娜多姿地走到我面前,一抹脸,我看到那张妩媚性感的脸孔立刻变得狰狞无比,那是戴安安的脸。

　　我从梦中惊醒,先是恐惧,后而恼怒。因为这个情景在现实中发生过。那是我和戴安安第一百次分手事件的导火索。那天我和戴安安争吵究竟是用红肉炒茭白还是白肉，后来她赢了，理由是生活应该要有色彩要红白绿搭配，不要一根死脑筋地朝前冲。我对她话里有话的措辞非常不满，于是引爆一场争吵，最后她提出分手。记得有位精神大师说，一个人在现实中得不到的，就会用梦去编织。我恐惧这个与现实情况相反的梦境，难道我就是这样一个喜欢躲在梦里幻想的家伙吗？

在沙发上坐起身，心里说不出的空荡。昨天难受到发狂的情况下，我去逛超级食品市场，想买点好食物安慰自己。在奶制品冷柜，我买了一大块顶级帕马臣芝士[1]，不经意间看到红波芝士打八折，就顺便买了一大块，接着在售货员的极力推荐下，我又分别买了一块黄波芝士和蓝波芝士，最后还捎带买了新推出的瑞士风味大孔芝士。本计划转身就离开，路过熟肉区看到帕尔玛火腿[2]在做降价活动，我一股脑就买下了三根火腿。在水产区看到有大西洋北黄道蟹，我又咬着牙买了四只蟹。出超市朝家走的路上，我思考着家里有哪款红酒比较适合配芝士，却发现并没有一款适合搭配的，于是立刻拦下一辆出租车直奔桃乐丝小酒屋[3]。到那里后我选购红酒的计划由一瓶变成六瓶，千不该万不该的是我还拿了一瓶格兰姆木桶陈酿波特酒。总共，我花了……我非常渴望能将价格去掉两个零，当做只买了一瓶古龙珍品酱油。

内心深处渗出一种比冰还要凉的恐慌，或许我真是戴安安嘴里的那个变态美食购物狂。可是，可是这些东西都是日常生活中会消耗的啊，再说我并不是去买了什么超级名牌服饰，仅仅是几瓶酒，几块奶酪，还有几只小蟹而已。在成功安慰自己后，我起身下了沙发，将门口堆积的物品搬入我的超级储食间。

我开始思考如何和戴安安复合的问题。绞尽脑汁想了许久，最终觉得联系戴安安好朋友做牵线人是比较容易的方法。

"嗯……嗨！霏圆，我是唐德，你有空的时候可不可以给我回个电话？"

放下电话，我有点忐忑不安，直觉上霏圆不会搭理我。如果霏圆没有搭理我，我该怎么做？难道要我跑去她家敲门吗？

越想就越像灌下一大杯黄连水，看来终究还是我先迈出求和的第一步，再次成为妥协者，多么希望这个人不是我啊！这种感觉就像不停地吃了一下午苦杏仁，嘴巴一阵阵苦涩，连舌头和味蕾都渗出苦味，它们通通地混合在一起，整个人发干、发涩。我不想任由这种苦味蔓延开，它势必会催生出一系列的悲伤情绪，那时整个房间在一段时间内会弥漫"我很失败"的气息。

决定去厨房待着，以前当我面对无法承受的打击时，便躲进厨房，沉浸于烹饪世界。我会放慢呼吸，将所有精神凝聚在烹饪上：将自己投入到洗菜的水流声中、切菜的造型内及缜密的调味里；如果还不奏效，我会连续不断地小口地慢慢品食物，感受左边牙齿和右边牙齿磨切菜肴质感的区别；感受一道菜汤汁的细腻和堆在最上层部分的口感。只要我能全身心地投入品味，想着法儿让吃的每一口都不同，就可以暂时不去想其他事情。

此刻我很想吃一种很甜很甜的东西，那种可以让味蕾神经传递给大脑的萦绕不断的甜味。打开冰箱，找到里面所有带甜味的食物，一块南瓜，一袋草莓，一个啤梨，一罐蜂蜜，还有几枚汤圆。将这几种食物的不同甜味分析一番后，我决定做一种喝起来蜜甜、咬起来脆甜、闻起来又香甜的汤。

　　我将南瓜去皮并磨碎与加入姜片煮汤圆的水融合在一起，熬至汁液黏稠后放入啤梨碎末和熟汤圆，待放凉后再撒入啤梨片，淋入蜂蜜，好好地喝上几碗。正在我关火盛汤时，电话响起，是霏圆的。她约我在三里屯The Tree酒吧见面。我立即将汤和啤梨片包上保鲜膜放入冰箱，飞奔下楼。

　　我比她提前早到半小时，坐在餐饮区，点了现场制作的什锦比萨。霏圆出现时，比我们约定时间迟到二十五分钟。

　　"好，霏圆！"打招呼后，我让服务员送来菜单。

　　她说不饿，只点了一杯柠檬水。

　　"嗨！霏圆。"我又说。

　　这时她正眼看我，"哟，我以为是谁呢，原来是唐德啊！"

　　我口气更软，"霏圆，求你了，我不知道该怎么办。"

　　"你自己凉拌不就行啦，那个女的也挺漂亮的嘛！"

　　我知道本来保持中立的霏圆因目睹整个事件，看待我的眼光已完全不同。我也不想和她争执这些问题，满脑子想着怎么说服她帮我牵线，"我知道你想替戴安安抽我，虽然我和别的女人睡了，但事后我发觉我爱的是戴安安。"

　　"是不是已经晚了？"

　　"我希望和戴安安谈一次，帮忙牵线好吗？"

　　我没告诉她其实自己悔恨得要死，那样的话霏圆一定狠狠

讥讽我，谁愿自取其辱呢？

"那你得先说服我，给我个理由，我可不想给一个浑蛋牵线！"

"我还爱着戴安安！"我没捏造这句话，这就是我想说的话。

霏圆从鼻子里哼出个笑声，"好，我承认这是个理由，可是你觉得这个理由能说服她吗？她可不是弱智！"

我听到自己居然在笑，"我知道那件事对戴安安伤害很大，可是你有没有站在我的立场想过，我忍受她的怪脾气和性格，还一次次甘愿放低自己迁就她，你以为我喜欢被人压着吗？绝没一个男人会喜欢这样，我爱戴安安，所以才愿意做这些。可戴安安呢，她回报给我什么呢，一百多封别人写给她的情书？一个情夫？这就是我应得到的回报吗？"

就在这时，我点的比萨端上来，外形看起来不错，奶酪也挺多的。服务生给我和霏圆面前的盘子各自放了一块。

霏圆有那么一会儿没说话，她这种情况让我略感欣慰。

她终于开口，"唐德，对不起，从现在开始我站回中间立场，戴安安不对在先，你不对在后，所以你谁也别怨。我尽量牵线，不过我提前告诉你，当一个女人发现别的女人占了她的位置，哪怕是分手后被占了位置，她都会吃醋，所以你要给戴安安一段时间来冷静，她现在就像发怒的母老虎，随时会咬伤你！"

"谢谢，"听霏圆这么说后，心里舒服很多，"真的，霏圆，在戴安安摔门离开后，我突然觉察到心里一股疼，那时我才发现我对戴安安的爱从来没变过。"

霏圆长长地叹口气，"唐德，你是个好男人，是个非常非常好的男人，让我怎么说呢，你对戴安安太好，太顺着她性子，其实女人都有点自虐，喜欢那种有点控制欲的男人。"

"看来我要恶补下如何成为大男子主义者！"

霏圆笑了，"女人也绝不喜欢控制欲超强的大男人，有那么一点点大男人主义的人会很可爱！"

"谢谢你的建议！"我将话题拉回来，"霏圆，你什么时候能给我消息？"

"这可不好说。"霏圆犹豫一下后说，"唐德，实话告诉你吧，戴安安那天找你本来要解释信的事儿，不料竟看到你和别的女人在床上，"她看我一眼，"说实话，我觉得让戴安安原谅你，就好比让你三天内变成一个性感肌肉男，或许她才会因为好奇看你一眼！"霏圆自以为说了个挺幽默的笑话，乐得哈哈大笑。

我觉得一点也不好笑。

"还有，我很遗憾地告诉你，"霏圆的口气有点迟疑，不过还是说出来，"昨天戴安安离开我家后，第二天就失踪了，没去公司，没在她父母家，也没在其他几个朋友家，我现在也不知道她在哪里，也在等她回来……"

后面的话我没听清，脑子更乱。从霏圆的话里得知我和雪莉上床是对戴安安的重重一击，否则依照她的性格才不会如此失常，我是该高兴还是难过呢？女人的心思真难琢磨。当男人全身心地爱她要给她安稳生活，她越是向往刺激人生，时不时吵个小架，闹个脾气，来次分手。当她发现别的女人占了她的位置，她立刻就会将已丢掉的男人重新复位，向所有朋友哭诉这个男人的狠心和背叛，让所有人认为她才是被抛弃的一方。我非常迷惑为何女人不能像常处理过季衣服那样，把那个已扔掉的男人淘汰到橱柜深处呢？

霏圆起身准备撤离，"我还有事儿，得先离开，有戴安安消息我立刻告诉你！"

看着窗外，三五成群的夜店动物们开始出动。自从认识戴安安后，我似乎就和夜店脱离了干系，上次泡妞是什么时候的事？一点印象也没有。又坐了一会儿后，吃下半块什锦比萨，竟发现这里面没放橄榄，有点恼怒地想喊来服务员质问为何会犯这么愚蠢的常识性错误。不过后来又觉得自己很可笑，何必动这个肝火呢？戴安安带来的怒火足够我消受了。

半夜时我被楼上床架晃动与呻吟声吵醒。

我试图用枕头盖住耳朵，声音仍隐约地传来，感觉实在无法避免后我便索性听起来。这真的很糟糕，我可以听到他发出的呻吟，也可以分辨出她发出的呻吟，还可以听得出床撞墙和上下起伏的咣当声咔嚓咔嚓声，就这么躺在床上醒着，眼睛瞪着天花板。

这种偷听别人做爱的无聊事让情绪变的黏稠起来，还有一丝的伤感和脆弱。我和戴安安相爱八年期间睡过数张床，在此刻身下这张共同买的床上，我俩共演奏三年多的音乐。在我为如今局面难过时，楼上女人的呻吟声突然变大，我越听越觉得像戴安安，脑子冒出戴安安与不同男人睡觉的画面。我满腹酸水掺杂着苦水，又想到这样的事可能正在发生，这让我烦躁不安，有股给她打去电话的冲动。

　　我强忍着不让自己做出疯子行为，努力将脑子里的画面清空，糟糕的是幻听却更清晰，似乎整栋楼的男女都在做爱，男人们喘着气，女人们的声音都和戴安安一模一样。我拍打着脑袋跑进厨房，打开厨房内所有灯，拉开所有的柜子和抽屉，点燃火苗，然后将精神集中在数盘子的顺序，听冰箱的吱吱电流声，看火苗燃烧的扑扑闪动。

　　全神贯注一会儿，幻像和幻听终于消失了。然而我内心那股酸苦味却变得愈加强烈，这感觉由心底冒到嘴里，几乎要冲出鼻腔，我无比渴望有股甜蜜味道压制住它。想起下午就做好的南瓜露丸啤梨甜味汤，端出来后撒入啤梨和蜂蜜快速搅拌后，喝上一口，本应透心甜的汤却没味道，重新加入蜂蜜搅拌开，仍没甜味，不可置信地再尝一口，还没甜味！又加一匙蜂蜜继续喝，我害怕起来，味觉似乎失灵了。一连加入四五匙蜂蜜，终于喝出一股几乎可以甜死一头牛的味，当浓厚甜意慢慢遍布全身，我脑袋里逐渐冒出一段段美好的事情，儿时第一次见到大海的雀跃，小狗舔手掌的惬意，结识一个志同道合的新朋友的兴奋，买到限量版餐具的激动……我陶醉在这些潺潺回忆的溪流内，这是种很玄乎的感觉，一种精神由低点升华的释放与轻松，让我几近迷失。

　　在厨房待着，仿佛身处另一个世界，这里只属于我。在厨房我可以随时按下停止坏情绪的开关，这里的一切完全由我支配。想到这后，我去外面拿来几个沙发垫子和条毯子铺在厨房地板上，今夜我想活在另一个世界。

1 帕马臣芝士：一种意大利硬奶酪，具有强烈的水果味道。后面提到其他芝士：红波芝士是一种球状奶酪，具有稍带咸味的乳香，适合与各类水果搭配；黄波芝士属于原味奶酪，具有坚果香气；蓝波芝士又称臭芝士，口感香且浓厚；瑞士风味大孔芝士是一种很美味的天然芝士，做三明治时多使用它，吃奶酪火锅更是必不可缺。

2 帕尔玛火腿：意大利一种名贵火腿，薄薄一片就能为一道菜增色增味。在西方人眼里，它如同中国的金华火腿一样美味。

3 桃乐丝小酒屋：北京一家出售各种红酒的地方，在这里可以买到全北京最全的红酒。

美食狂记事七A
鸡肉茭白蒸

　　有时候，我对食物狂热而偏执，这种状况多次出现在梦里。

　　都说梦与现实是对照的，的确如此，我曾梦到一个性感美女对自己采访，他们争吵，彼此反驳，甚至差点动手。梦醒后我才明白，一个人如果在现实中得不到的，就会用梦去编织，所以这道曾经没有按照我的意愿烹饪的菜肴，在梦里终于变成现实。

　　对此，我很疑惑，难道我真的是一个喜欢躲在梦里希冀的家伙？

89

材料：

鸡脯肉一块

苦麻菜一盘

茭白一根

红椒一个

白葡萄酒适量

黑胡椒适量

绵白糖适量

黑芝麻适量

盐适量

葱姜水适量

步骤1：将苦麻菜洗净，茭白洗净切薄片，小米椒切小颗粒备用。

步骤2：将鸡肉切成粗丝，与茭白一同放在加入葱姜段的滚水中，焯一分钟左右。

步骤3：将苦麻菜平铺在碗底，将腌制好的鸡肉摆在上面，然后将茭白均匀码在鸡肉上，撒上小米椒丁备用。

步骤4：用白葡萄酒、盐、黑胡椒、绵白糖及芝麻制作成酱汁，淋在碗内。

步骤5：放锅内蒸十至十五分钟即可。

美食狂记事七B
南瓜露丸啤梨甜味汤

　　在内心痛苦时刻，我最想吃那种很甜很甜的东西，那种可以让味蕾神经传递给大脑的萦绕不断的甜味。那时，我就会去厨房，找出冰箱内所有带甜味的食材，做道"南瓜露丸啤梨甜味汤"。

　　喝过汤后，甜甜的滋味会勾引出一段段美好回忆，一旦你感觉到美好，片刻后，你就会获得平静。

材料：

南瓜四瓣

啤梨一个

汤圆五或六枚

姜一片

蜂蜜一小碟

草莓半个

操作方法：

步骤1：将南瓜外皮削干净，否则会出现杂色。洗净后切成小块，再用榨汁机打成泥状。

步骤2：将啤梨洗净，去皮后梨肉切成宽片，外皮不要扔，它具有非常不错的清心润肺作用，切碎末备用。

步骤3：锅内加入四或五杯水，放入姜和梨皮末，大火烧滚腾后，放入汤圆，并用勺背轻轻推开，然后改为文火煮至汤圆漂起即可。

步骤4：将姜片捞出后立刻放入南瓜蓉，并不停搅拌，直至汤汁变成橘黄色。

步骤5：关掉火，让汤的余温来继续加热汤圆。待放凉后，放入梨片和蜂蜜搅均匀，即可享受这份迷人可口的甜点喽。

九 煮食者

　　女人间的友谊就像积木，她最好的朋友是可以随意抽出来的那一块。这块积木在她最伤心时安慰她，在她陷入爱河变愚蠢后与她一起快乐，在她责骂男人无情时无条件赞同她。霏圆就是戴安安的这块积木。积木和积木间的关系又很微妙，她们看起来亲密无间——逛街、SPA、八卦是非。如果一方有了男朋友，这时闺蜜就变成了被迫分享快乐的最佳听众。

　　男人间的友谊则大不相同，男人这一生就如其谐音"难人"一样，结识狐朋狗友一同吃喝泡妞是我们的相处方式。说实话，如果实在憋不住想一吐为快，我们男人更愿意把丢人留给酒精。

　　和我的最好朋友"酒精"相处的这一个星期，我从急躁慢慢变得失魂落魄，从滴水不进到暴饮暴食，从痛苦到失望又到彻底绝望。储藏室舍不得吃的风腊野猪腿、一公斤花皮软质盐洗奶酪、冰箱内的四只酱乳鸽、四十三颗鹌鹑蛋、两大块黄油和三瓶花生酱，还有十一张外卖比萨，再加每天猪头昏睡，两百个小时过去后，我变成了这副模样：胡子邋遢，脸颊浮肿，腹部游泳圈再次加大，还有眼看着就要变成河马的下巴和牛的屁股。

雷蒙来看我。我打开门，他吃惊得像踩到蟑螂，指着我发出一声大叫，"天啊——你怎么变成猪八戒他兄弟啦！"他学着又细又尖的假音，"看看你这样子，天啊——啧啧，哪个女人还敢要你？不要用那种眼神看我，男人更不会要你！"他一脚踢开地板上的啤酒罐，"唐德，你知道黄瓜和南瓜的区别吗？你就是南瓜！"

"雷蒙，我的好兄弟，"我放下酒杯，拍拍他的肩膀，"你不懂，被男人甩的女人只会非常伤心，被女人甩的男人就被烙上耻辱，"我把喝空的酒瓶踢到沙发下，"你看看我这张脸，是不是写满耻辱？"

雷蒙弹弹被我拍过的肩膀，"你脸皮太厚，耻辱没看到，倒是看到自我羞辱，你要是像我一样早点明白爱一个女人就等同自找虐待，你现在还会这么悲惨?！"

"滚一边去吧！"

"别这么没出息，是不是对女人很失望？还有男人呢，干脆你喜欢男人好了！"雷蒙捏着张报纸垫在沙发上，坐下来后慢腾腾地说，"男人比女人更了解男人。"

"若我爸知道你怂恿我转性的话会打瘸你，我妈保证让你天天做噩梦！"

雷蒙在我周围嗅了嗅，然后手捂着额头做出要晕倒的样子，"老哥，你能不能做回那个高中全校最干净的男生？"

"那会儿我还没失恋过。"

"人失恋后更要爱自己，你想想安安姐看到你这模样，会怎么想？会更看不起你啊！"

我怎么没想通这一点？花费这么多天等戴安安的消息，难道只是为了方便她把我和肥猪拉得更近？我眼前冒出高中时总穿白色衬衫的帅小伙，又打量现在的我，不像我越活越年轻的老爸，不是我那事业有成已是千万富翁的远房表哥，更不是高中时老师眼里的未来栋梁和女生心里的白马王子，我有点像儿时街角拐弯处那栋破房里的半智障单身汉，一个醒来就吃、做了半辈子不切实际美梦的家伙。

意识到事态的严重性，我立刻起身，"你说得对，再不能这么下去，要向前看，开始新生活！"

雷蒙摇着头叹气，"每次和安安姐分手你都说这样的话，说了无数遍。"

"这次来真的。"

"你每次都说来真的！"

"这次一定来真的，我再这么下去和老家那个半智障单身汉有什么区别！"

我和雷蒙的谈话就此打住。我去浴室洗澡，并唱起我最爱的歌曲《我的太阳》，还把从没唱上去的高音飙上去。中间雷蒙过来敲门提醒我他浑身已经出了一层鸡皮疙瘩，我没搭理他。

出来时，正看着雷蒙把一个外卖盒踢到沙发下。"我打赌你绝对不是男人眼里的好主妇。"

他反驳我，"对，我承认自己绝不是传统意义上的好主妇，你以为主妇都要自己打扫卫生啊，新时代主妇可都是边做着手膜边给家政公司打电话呢。"

"是吗？可我只瞧见你将垃圾踢进沙发底下！"

"唐德，我打赌你和安安姐常为此吵架吧，最终都是她获胜，对吧？你做梦都想找个三从四德的女人，可惜这个时代女人们都精明着呢，没钱就别想让她为你下厨房，请不起保姆就麻烦你自己做保洁吧，所以呢现在我那几个闺蜜奉行'男人不洁女人不爱'的理论，想征服一个女人就先打理好自己的卫生吧。"

我机械地点点头，还能说什么呢？和一个Gay讨论两性关系能有什么结果呢，还不如向他咨询点化妆品知识呢。

"还好还好，来你家前，我就预订了一个清洁工，"他看下表，"大约一个小时后就到了。"

我无法弄明白他的逻辑，什么叫做"来你家前我就预定一个"？我已经在家待了三天都没想到找家政，而他在没来我家前，居然就知道我需要？

"你怎么知道我需要家政？"

"失恋期的男人就像蟑螂，根本不会发现自己住在多么糟糕的房间内。"

"你什么意思？难道我是蟑螂吗？"

"对！据我统计，那种被人甩掉的、被迫分手的、莫名其妙失恋的人最像蟑螂！"

"是吗？我好像就是那种总莫名其妙失恋，同时又常被人甩掉的、被迫分手的男人。"

"你心里清楚就行！"

"那我应该对你说谢谢吗？"

"随便你啦，"他转悠着四处看看，"唐德，知道你心情不好，我不应该这么说，不过我还是要说，你看，你卧室很乱，客厅很乱，但你的厨房却一尘不染，所以我建议你以后住在厨房吧，还有，你最好现在就过去，顺便帮我做点吃的。"

是的，纵使我家变成猪窝，我的厨房还是干干净净的，从这一点来看，起码我还算不上世界上最糟糕的男人，对吧？我也并不是一无是处。当女人抱怨我时，她可以抱怨我事业无成、性格粗枝大叶，污蔑我整日无所事事，但绝不抱怨我做的饭难吃，这也是我这辈子最值得骄傲的，我是厨房之王！

厨房之王最爱的事就是整日混在厨房，他的最大挑战是能抓住挑剔食客的胃口。雷蒙是我所见过的最难伺候的人，他不吃高热量食物，不吃米饭，不吃羊肉，不吃葱，不吃芹菜，不吃黄油，不吃白菜和甘蓝，不喜糖、芝麻酱和草莓果酱……他甚至还不吃酱油。前面几项我可以理解，但酱油有什么罪过呢？在中国菜肴里缺少酱油就像大海失去蓝色，女人丢了高跟鞋。竟然有人不喜欢它?! 只能说明他没有享受过真正的美食，不知道最美味的菜都带着强烈的个性特征，就像姚明的身高，贝克汉姆的帅脸。

所有怪癖的人都有一个隐藏缺口。在雷蒙白开水般的饮食世界里，他极其热爱意大利面，要少胡椒、蒜和黄油的，具体原因？据说是从他唯一喜欢过的女孩那儿继承的，具体细节打死他也不说。不过从他喜欢吃的意大利面的类型及要求来看，这归结到一点就是清淡和低卡路里，可见雷蒙对容貌及身材非常在意，这潜在地说明他很在意外人的看法，是个顾及别人感

受的可爱小Gay。

身边还有几个喜欢吃意大利面的人。好友金牧最喜欢浇上浓浓的红色茄肉汁的意大利面，随便一种肉酱和番茄汁即成，简简单单的就能做出来。事实上他就是那类很简单的人，有点世俗，有点小聪明却又不够聪明，但心肠好，很容易相处；绝情冷酷的戴安安，她最爱吃的意大利面则是奶酪蒜香味的，她很注重菜的味道和气息，但多数情况下她都会忘记刷牙漱口，这与她我行我素的性格极其符合；我则喜欢从冰箱内随便找食材DIY，时常创新，例如点缀蜜枣碎粒和芝麻柠檬酱汁或用樱桃，从这一点来看，我就是那种做事不顾及后果同时又死爱面子的男人。

这个答案让我很不舒服，我立刻停止继续推测下去，将思维拉回烹饪意大利面上。根据雷蒙的要求，我用橄榄油代替黄油，对肉的食用量也减半，同时排除蒜、洋葱等带来口气的食物，用一大堆蔬菜颗粒做营养搭配。

"唐德，这酒怎么有股皮革味，是不是变质啦？"雷蒙端杯红酒皱着眉头站在厨房门口，仿佛刚喝下一口中药似的。

"你喝的是哪瓶酒？"

他举起酒瓶念道，"Mou…lin…A…Vent…Dom…ain de…la…Tour du Bief…"

"Moulin-A-Vent, Domain de la Tour du Bief，是迪宝夫贝弗塔庄园产的穆兰风车红酒[1]，就是通称的Beaujolais，博若莱[2]，不懂红酒可别乱评价，那是要闹笑话的！皮革香是博若莱红酒类的特色之一，越陈酿的酒皮革味越浓厚。"我抢过话，听着他结结巴巴的发音，我真感觉他还没噎死我就憋死了。

"你的意思好红酒的皮革味就越大？"

我立即从他手里抢走酒瓶。一个不懂酒的人打开瓶红酒，就像一个没上过战场的士兵来到前线，一个贼偷走大厨随手记下的食谱书，纯粹的浪费。

"你以为葡萄酒厂旁边都是皮革厂啊！"我白他一眼，"有些事情你不太肯定的话，千万不要乱说！"我决定给雷蒙上堂课，"酿造一瓶酒可不像厨师做饭那样把整柜子调料都摆在面前，你平常喝的酒中的气味和口感，像草莓味啊、蘑菇味啊、青苹果味啊，檀香味柿子椒味皮革味也好，都是由葡萄慢慢发酵、陈化过程中的化学气味，酿造时是绝对不会加入皮革的！"

雷蒙疑惑地点点头，"那这瓶算优质红酒吗？"

我将盛好的意大利面递给他，顺手夺走他手里的酒杯，"不算！绝对不算！"

雷蒙靠着冰箱用叉子卷着意大利面，"没用黄油吧？"

我懒得搭理他，抱着酒瓶离开厨房，独自到客厅享受。

饭后雷蒙以带我散心的名义邀请几个朋友晚上去俱乐部玩。有那么几年我非常热爱DISCO，甚至还在一家酒吧当过一段临时替补DJ。在每夜遇到很多美女和此生只钟情一个女人间作选项时，我选择了后者。截至今天，我已经很久很久没听到鼓声和嚓嚓的打碟声，我似乎早就不属于那些时髦、有趣、穿着H&M[3]和闪光Sneaker[4]的一群年轻人。我发福了。

我们来唐会时音乐正high，黑压压的男女在《Telephone》舞曲中扭动身体。相比较而言，黑眼豆豆《Where Is The Love》，或瑞克·艾斯里（Rick Astley）[5]的《Together Forever》和雪儿（Cher）[6]的《Believe》更对我胃口，如果能再穿插瑞典的四重唱组合Abba[7]的歌曲，那简直就更棒了。

喝下一杯酒，去趟洗手间回来后，阿肯指着在舞池边的瘦高个美女怂恿我过去，接着是詹望、雷蒙、森也加入。

"唐德，你不会是怕被拒绝，胆怯了吧？"詹望饶有趣味地笑着问。

我瞪他一眼，然后硬着头皮走过去，和着我几乎跟不上的节拍，慢慢靠近她，主动和这么漂亮的女人搭讪，我可没一点信心。

慢慢靠近那个高个美女，她真漂亮，侧面看起来竟有点林志玲的味道，炫目灯光把她照得美若天仙。移动到她身边，我鼓起勇气盯着她看，她扭头看我，我们的目光交错，如干柴烈火般燃烧起来。

舞曲终于结束，我问她，"请你喝杯酒好吗？"

她微笑摇头，"不好！"

我狂烈跳动的心咔嚓一声熄了马达，手也从她的腰滑下。

"听着！"她说，"你人不错，但我只给你六十分，刚及格的男人我不要！"

我一头雾水，"什么刚及格？"

"你真想知道？"她拉着我走出舞池，在我耳边喊，"那我就告诉你，你见过腰部像套个游泳圈的大卫吗？一个长相很帅的男人身材一定要有型，这是对自己的尊重，一旦腰部长圈肥肉，帅就自动降一级，嗯，或者两级三级，明白了吧?"

说完她就要继续去跳舞，我拉住她，"我降了几级?"

"三点五级!"

回到座位，丧气地灌下一杯酒，我享受着吸引力被降三点五级的悲哀。

雷蒙问，"没泡上?"

阿肯搭话，"我明明看到你俩一直跳啊跳，还以为很有戏呢。"

"她说我样子不错，就是腰间的肥肉太多，"我又灌下一杯酒，用恨不得杀人的嘲讽声调说出原因，"奶奶的，就因为这点肥肉，她说我整体下降三点五级，不够她的分数线。"

雷蒙立刻欢呼起来，"啊——你们输了吧，快给我钱，给我钱，每人一百，我赚啦!"

我简直要抓狂，雷蒙他们竟然拿我来打赌。难道当我变成一个身体匀称的男人，才能消除这个耻辱? 难道当我变成一个肌肉男，才能泡到个漂亮女人? 脑子里突然响起霏圆上次说的话，"假如你变成一个性感肌肉男，戴安安可能会因好奇见你一面!"

我知道这百分百是句玩笑话，但假如我真的变成一个肌肉男，戴安安会因好奇而主动见我一面吗? 依照戴安安的性格，我断定她会!

"我要做抽脂手术!"我脱口而出，似乎没人听到。

雷蒙正高兴地接过阿肯和詹望不情愿递过来的钱，放到鼻子间嗅了嗅，"天，真好闻!"

这时，阿肯移过来，冲我摆摆手，"伙计，你是太倒霉还是太不中用？以后说什么也不敢押大！"

　　放在往常他的话会对我打击很大，不过此刻，一点反作用也没有。我早被高个美女一脚踢到谷底，除非能亲自逮到戴安安和人偷情。现在，脑袋里只有一个念头。

我说："阿肯，帮我做抽脂手术。"

他拿出医生的腔调，"行！不过你要做好准备，抽脂手术后的皮肤会变得凹凸不平，会松弛有褶皱，抽脂后皮下结痂需要一长段时间才能恢复，头三个月内，皮肤还会有些发硬，六个月才能基本正常，一年左右才会像正常皮肤那样平整自然。像你这样的腰间肉太多，真要恢复正常恐怕需要一年半时间。"

"没事！"我不想当那个腰部套个游泳圈的投铁饼大卫！

当阿肯答应后，我突然冒出给戴安安写信的念头，我想告诉她我正在变成肌肉男。我要潜在地传达出我在转变，让她主动提出和我见面。另外，我还特想说想她之类的话，不过临下笔时又打住，一是可供写的纸张太小，二是直觉告诉我一旦这么写戴安安更懒得搭理我。这封信中我会刻意减少"宝贝"之类的甜蜜称呼，有这么一个计谋，当戴安安看到这封信，她会觉得我开始冷淡她。这就是欲擒故纵这个成语的最好实践。

　　拿着向酒吧先生借的笔和两张小小的下单纸，走了一圈，也没找到光线明亮的地方，最后选择去洗手间坐在马桶上，在酒吧舞池传来的咚咚作响的音乐声中，将纸压在这个小隔间的模板上，俯趴着身子写道：

小戴安安，你好！

　　此刻有点灵魂出窍的感觉，你绝对想不到我正坐在马桶上给你写信呢。呵，我猜测你一定认为我故意让这封信带着臭味来报复你，对吧？

　　你还记得我以前当DJ的那段日子吗？那时我是那么新潮，留着长发，穿宽大的喇叭腿裤，左耳上还戴着一串骷髅，现在摸摸耳垂，这个曾经有洞的地方还有个硬结，已经长上了，此刻想想那段日子突然变得很遥远，就像我们现在之间的距离。

　　无论如何，我还是有点好消息的，我决定变成肌肉男，我决定减肥。前段时间我还加入了一家健身俱乐部，已经吃了一段低脂食物，每周都会游泳跑步……其实现在我一直给你机会解释狗狗的事，你知道吗？每当我想起你那可耻的背叛，内心就像火烧，和你看到我和别的女孩上床的暴怒不同，我这股怒火是从八年前开始的，甚至到现在、此刻、这一秒，我还被蒙在鼓内，请你告诉我他是谁，好吗？我只想知道真相，绝对不会骚扰他的。

浑身臭味的唐德再次致好

　　其实这封信本来只想说下我的近况和改变，不知怎么突然有一种非常伤心的感觉。将信折叠好装进裤兜，我有点迷失，对戴安安的感觉突然变得捉摸不定，好似她变得可有可无，可又好似她比我的心脏还重要。

　　有人敲门，"里面的人好了没？"

他的出现让我很不舒服，一股火气涌到脑袋，"你他妈的叫什么叫？"我随手推了一把这个穿着很新潮的家伙。

1 穆兰风车红酒：穆兰风车（Moulin-A-Vent）是一个产区名称，源于一部建于十五世纪的风车，它是迪宝夫贝弗塔庄园出品的经典红酒之一。

2 博若莱：法文为Beaujolais，我们所说的博若莱是法国中部偏东的博若莱产区，这个产区特色在于它使用嘉美葡萄，及特殊的二氧化碳浸泡法发酵，并且不经橡木桶陈年或只短暂陈年之后就装瓶发售。单宁含量少，年轻的酒口味上较为清新、果香重，陈酿的酒常带有浓厚的皮革味。

3 H&M：瑞典的连锁服饰店Hennes & Mauritz（H&M）的名字，主要销售流行、新鲜、时髦的服饰，顾客以十六至二十八岁的年轻人为主。

4 Sneaker：年轻人喜欢穿的胶底鞋、帆布鞋，许多大品牌都有相应产品线，复古、亮光、涂鸦都为近几年的流行款。

5 瑞克·艾斯里（Rick Astley）：英国歌手，自一九八八年以轻快舞曲《Never Gonna Give You Up》夺下全美单曲榜双周冠军后，红遍全美，其淳厚嗓音及白人灵魂唱腔令人百听不厌，他演唱的舞曲都是大热门。

6 雪儿（Cher）：美国女歌手、演员，以演唱舞曲风格的歌曲闻名全美，是美国音乐节举足轻重的大人物之一。她还获得过奥斯卡最佳女主角奖。

7 Abba：闻名世界的瑞典流行组合，乐队成立于一九七三年，以单曲《滑铁卢》(Waterloo) 走红欧洲，他们是继"披头士"（THE BEATLES）后最成功的乐队，著名单曲有《Honey, Honey》《Mamma Mia》《I Have A Dream》等，是七十年代流行的代表之一。

美食狂记事八
什锦蛋酱意面

再严谨的人，我们都可以从他喜好的饮食上推断其性格，这也就是所谓的餐桌见脾性。

作为一个对吃挑剔的人，我唐德的小表弟雷蒙比较向往白开水一样的食物，那种少油低热量的是他的最爱，但意大利面除外。今天，在厨房烹饪食物期间，我还借朋友们喜欢的意面做了一个性格推断，验证了一番"口味决定性格"的名言。

我觉得，饮食嗜好与一个人的性格息息相关，不信，你也尝试像我那样分析下？

材料：

意大利面一束

瘦肉末一碟

西红柿一个

胡萝卜粒半碟

豌豆半碟

玉米粒半碟

盐适量

黑胡椒适量

乳酪粒适量

橄榄油适量

柠檬一片

制作方法：

步骤1：将适量的意大利面下锅，水中撒些许盐使其入味，同时将煮的时间比包装盒建议的少两分钟，这样能让意大利面具有不错的咬嚼口感。

步骤2：趁煮面期间，将豌豆粒、胡萝卜粒、玉米粒洗净控干水分装盘备用；将蛋液、盐、胡椒粉搅拌均匀。

步骤3：用橄榄油将肉末煸炒发白后，放入西红柿片翻炒，放入步骤2中的蔬菜粒。

步骤4：放入煮好的意大利面，略炒二十秒左右，让汁液尽量吸附在面上。

步骤5：将蛋浆均匀淋在面上，用筷子拨散，尽量让每根面上都沾有蛋液，出锅前撒上乳酪粒，最后用香菜叶来点缀，根据需要，还可挤入柠檬汁让面口感清新。

十 不要误解，我要火腿

　　你到三十岁还是单身的话，要不就是惹下很多闲话，要不就是活得很窝囊。在中国，有多少过三十岁没被父母催过婚的单身汉呢？我高中同学王发财，高三复读第二年，和邻居家的老闺女生下个儿子；我远亲表姨儿子大学一年级辍学回家科学养猪养鸭养鸡，目前已挣下三千万，有仨儿子；还有毕业就结婚的大学同学张盟，靠着他的丑老婆当上了某世界五百强中国区高层，目前私生子都有了。我这样没家庭、无伟大事业又没女友的单身汉，最佳逃避状态就是昏迷。

　　抽脂手术前，我害怕得有点小便失禁。特别是阿肯按着我的腹部吩咐消毒那一刻，眼前冒出一只刚从滚水中捞出的褪毛公鸡，是被油炸还是做炒菜？命运根本不在我手里。我意识到自己一直被人误解，被戴安安、我老爸、我的朋友们，他们认为我没有远大抱负。其实我的愿望是成为一个世界级美食大师，穿梭在全球各地吃美味和烹饪菜肴，只是现在我还在找门道而已。

当护士给我套上乙醚罩，我很快地就飘飘然。这种感觉很棒，思维逐渐空白，身体很轻很轻，人生仿佛只有快乐。我逐渐地看到一个很像自己的人，在一个用名贵餐具堆砌的宫殿内快乐地奔跑，身后跟随着一大堆不停拍照的记者，他们对我如何成为此宇宙中独一无二的饮食大师的故事很有兴趣，对我如何征服无数胃的故事更有兴趣。我解答每个问题后，开始展示自己最新发明的食物，一个装着由各种真实食物精心调配后散发出香气的金属罐，人只需闻下就能享受一道菜的香气，特别适合减肥人士。就在我兴致勃勃地做演讲时，气罐突然发生剧烈爆炸，我连带变成碎片，然后消失。

　　好似一个世纪，阿肯拍打着我的脸，"唐德，唐德！"

　　我睁开眼，浑身像散架一样，"你他妈这么快叫醒我干吗?!"我冲他大吼。

　　手术完后，护士小娜体贴地帮我套上特制的束腹紧身裤，她摸着我的腹部，扭头对小倩说："你也来摸摸看，多平整！"如果是往常，漂亮女孩摸我的腹部，我会激动的冒烟，可是此刻我只能可怜兮兮地，忍着疼痛享受着小倩的轻抚。

　　"他上腹下腹被吸出二千六百毫升的脂肪，能不平坦?"阿肯在一旁嘲讽，"不过如果他让肥肉反弹的话，那下次可不是这个数，而是五千毫升。"

　　"他反弹不会那么严重吧? 五千毫升可是个极限！"小娜不可置信。

　　阿肯擦擦手，"他再被人甩几次，就能达到这个极限。"

　　两个小女孩先是一愣，接着恍然大悟地看向我，满脸同情。

我突然想透彻当初如果选"先结婚后事业"的结果，我不会整晚的跟一帮陌生人待在一起，不会心情低谷还要躲在厨房里自己做饭，更不会被人当众羞辱却无话可说，被同情后却比哑巴吃黄连还难受。

阿肯将我安置到一个单独病房后就出去了。腹部开始被人刀割，疼痛仿佛水流一样流遍全身。我半闭着眼，想入睡，脑袋却无比清醒，在我被折磨得想再吃颗止疼片时，电话响了。

"唐德，请教你些做饭的事。"詹望在电话那边说。

胳膊移动连带腹部受到拉扯，疼得我倒吸冷气，"说！"

"我弄了块极品金华火腿，讨教下制作方法。"

我眼前立刻冒出皮薄骨细、精多肥少、味道极致的金华火腿，极品的！眼前又冒出另外几样我一直想收藏的美味：伊朗产的鱼子钻石"Almas鱼子酱"，澳洲土族人的甜食胡桃，意大利阿尔巴的白松露，和中国闽南产的金钱猛鱼，一瞬间被这些美味带来的幸福感包围，手术后的疼痛也减轻不少。

唾液忍不住地黏稠起来，"算啦，你一定做不好！等过几天我亲自给你做。"

詹望在电话那边笑着说，"放心，给你留着份呢！"

"哈哈，太好啦，总算没忘兄弟。"我为自己即将得到一块金牌极品金华火腿激动起来，可突然又觉得不对劲，詹望绝对是个觅食主义者。一个从不下厨的男人突然下厨有很多理由，要把一个他心仪已久的女人弄上床，是最最准确的答案之一。

看在他送我极品火腿的分儿上，我放弃羞辱他，决定好好帮他一把,"找支笔来,记下最重要的三条就行。"

"我早准备好了!"

"首先不要使用刺激性较强的香料……"

詹望打断我的话,"香料不就是出味的嘛,应该越多越有味啊?"

对于詹望这类注定要糟蹋美味的人,我只能叹息。我多么希望我的手术换到明天,这样就可以带着拯救美食的使命冲到他家——拯救极品金华火腿。对于大多数不懂厨艺的人来说,香料就好比烹饪过程中的美味秘方,可昂贵奢侈的香料并不能成就一桌美食,更重要的是要明白什么香料搭配什么菜,两者间要进行的是味道互补,而不是堆砌。

"煎鸡蛋时你撒一把精品胡椒就会很好吃吗?"对于他这类的快食主义者只能用浅显易懂的例子来解答,"不是让你腌咸菜,金华火腿是已调好味的半成品,是顶级的半成品,千万千万不要放太多调料,如果你用辣油、咖喱等浓烈厚味品做调料,这就像小红帽被大灰狼糟蹋了,火腿本身将风味全失……詹望,要不你干脆等我几天,我一定给你做出最美味的火腿。"

"我这不是正向你讨教秘诀嘛。"

"你这是在准备糟蹋美味!"

"我还没做呢,你怎么能肯定我在糟蹋?我会把它当爱人侍奉着,你放心吧!"

我可一点也不放心。"好吧!第二条就是千万不要干炒,干炒只适合那种多汁水的食物,火腿水分本来就少,经过干炒,质地会变得更加干硬,这可是暴殄天物!"

"我又不是傻瓜!"他吹出一口气,大概在抽烟,"第三条!"

"第三条就是不要用酱油，这会让火腿的芳香、鲜味皆无，与其这样，你还不如买半斤酱牛肉吃。"

电话那边传来沙沙的写字声，"酱油有臭味吗？"他突然问。

又疼又气，我几乎晕倒，"你白痴啊，酱油怎么会有臭味呢！"

"拜托，唐德，我们俩是不同世界，你是新时代的厨房男人，我是过去式里的商业精英！"

的确，他说得对，我无话可说，他是有钱的商业精英，我不过是个自给自足刚开始享受生活的厨房男人，一个异想天开通过抽脂手术返回二十岁好身材的憔悴男人。

我突然无比沮丧，想挂电话，可想想金华火腿，我决定长话短说，"你准备五个柴鸡蛋，只要蛋清不要蛋黄，把金华火腿切几片，不要切太多，你自己看情况切成碎粒，用一盎司红酒腌制一刻钟，然后和蛋清搅拌，加入一点苦菊或香葱都可以，对了，你要用小勺搅拌，轻一点，不要将蛋清打得太散，还有不用加盐，火腿本身就是咸的，上锅慢蒸十分钟，完成！"

"伤你自尊了，对吧？唐德。"

之前满肚子火气终于爆发出来，"你他妈的听着，大精英，我活的没你成功，行了吧？"

当我还在憋屈中挣扎时，护士小娜不知何时进来，递给我一个削掉皮的苹果。"你女朋友为啥把你甩了？"她挺八婆。

"她越看我越不顺眼呗！"

"你其实长得挺俊呢。"她突然冒出的这句话让我有点无地自容。

　　以前这话很受用，现在我自知，不伦不类的束腰衣，头发凌乱，一副霜打茄子的模样，一点也不俊。

　　"你看起来像某个明星呢。"她又说。

　　"谁？"我连忙问，挺好奇自己究竟像哪个明星脸。

　　她仰着下巴想了下，"一时想不起名字，我是从我姑姑的旧书里看到的一张相片，我姑姑应该很熟悉那个明星。"

　　我打量小娜，她应该有二十多岁，她嘴里的姑姑应该是小姑姑，有三十岁左右吧，三十岁左右的女人年轻时喜欢的明星……秦汉？郑少秋？汤镇业？梁朝伟？黄日华？苗侨伟？四大天王之一……嘿，都长得有模有样的，她小姑姑品位不错。

　　小娜去扔苹果皮期间，小倩走过来给我查体温，见四周没人注意，低声说："我告诉你，甩人的那些人都不得好报，被甩的都有好结果！像我，哼，他甩我后第三天，我就找了个比他帅又有钱好几十倍的男朋友，气死他！"

　　"你爱这个男人吗？"我忍不住轻声说，"你这个年龄不应该放弃真爱，要相信真爱，你要当个没变红的青苹果，对爱要有甜酸甜酸的感觉。"

　　她像看展览品样看着我，"你懂什么啊，我奶奶说人要活的像西瓜，外面青皮的，里面透红透红的，瓜瓤和瓜子清清楚楚，"她看着我摇摇头，"你真守旧，怨不得被人甩，现在是男欢女爱、各取所需的时代，你得看破感情才能收获感情，"她顿一下又说，"这是我的经验之谈。"

　　我有点无地自容，真爱？真爱是什么？自己都没认真思考过这个话题，凭什么说教一个八十年代后期出生的女孩去体验

真爱？

"对，你说得对！"我连忙说。

不一会小娜就回来了，她一进门就说，"我想起来啦，是孙兴，你像孙兴。"

"啊！"我哭笑不得，"原来你大姑迷恋孙兴啊？那你得先把我的脸打肿，把我的头压扁才行！"

"也是啊，你头真比他小，脸也没他宽，嗯，怎么又突然感觉不像了？哦——"她突然间恍然大悟出什么，发出恐怖的笑声。

我感觉自己像被米饭里的一粒石子崩掉牙，"我和他哪点像啊？"

"神似啊！"小娜右手在我脸前转一圈，好像准备把我脸皮揭开，"怎么说呢，是直觉，你知道女人的直觉很准的哟。"

"你已经是女人了？"

小娜瞪我一眼，"女孩的直觉更准，知道吗？看你第一眼，觉得你样子看起来和孙兴很相似，滑稽的表情，哈哈，你们怎么都这么滑稽呢？"

我耸耸肩，滑稽就滑稽吧，只要长得不像孙兴，怎么滑稽都行。

阿肯下班前来看我，顺便给我带来他老妈的问候，让我多吃点红枣和枸杞还有香蕉，有利术后恢复。最后，他有点仇恨地说："我妈喜欢你！"

这是我俩认识三十年内争吵最多的话题，他老妈和我妈以前是同事加朋友，加上我俩小学到高中都一个班，所以自小他

　■■■■■■■■■■■■　美食狂失恋记事本　■■■■■■■

就觉得他老妈更喜欢我，更希望让我当儿子。

"绝对的！"我很自豪这个假设的成功。

他突然冒出句，"可你妈就从没喜欢过我！"

"我怎么不知道？"我疑惑地看着他。

"我妈买东西都是两套两套地买，一套给我，一套给你，你妈就很少买东西给我！"

"亏你来我家那么多次，你什么时候见我妈去过菜市场，我家都是我爸买东西。"

"啊？"

"我爸做的事儿，我妈从来不做，他们俩有精确的分工，这也是他俩总是相处愉快的前提。"

这次我又为老爸老妈的婚姻镀了金边，事实上，根本没什么狗屁明确分工，不过两个臭脾气家长为漫长而无聊的婚姻生活找点乐趣，相互较劲而已。

阿肯笑起来，"你没遗传你妈，更没遗传你爸。看看你经营八年的感情，先别谈相互合作分工，你们能不分手就是造化！"

"霏圆正帮我联系着戴安安呢，只要有戴安安的消息，她就立刻告诉我。"

"得得得，这是根本不可能的事，霏圆说不定一直帮她做掩护呢。"

"我不信！"

"那霏圆这些天给你打来电话了吗？我就不信霏圆这些天没收到一丁点戴安安的消息。"

"我一直以为霏圆会站在中立位置！"我有点气急败坏。

"如果你是个女人，和戴安安吵架，霏圆会站在中立位置，

可惜你是个男人，你和戴安安还是恋人，除非她想毁掉友谊！"

"我该怎么办？"

"无论如何得想法和戴安安谈一次话，毕竟一起生活八年，要做到有始有终，这才像个男人，"他给我建议，"主动出击吧，女人都喜欢男人霸道、强硬！"

"这能行吗？我以为女人喜欢男人给她们自由……"

"等结婚以后再给自由吧，你现在给她，她也会糟蹋掉！"

自古以来，女人不都希望遇到一个对自己倍加关怀、又给予她充足自由空间的男人吗？当她饿了，有个男人已做好饭；当她心情沮丧，有个男人任她发泄；当她疲惫劳累，有个男人等候她；当她希望结束时，有个男人会主动冷静一段时间；当她要爱时，男人又恰好打来电话。一直以来，我就是这么做的，做一个特殊点的男人，难道这些年我做错了？

美食狂记事九

金华火腿蒸蛋

　　这个世界上，美食狂最不能见到的一种情况是，看到某个不会下厨的人糟蹋一堆名贵食材！

　　在我竭尽全力也无法挽救那块味厚馨香、鲜美醇正的金华火腿后，突然觉得这个世界最悲痛的事莫过于此，不允许浪费掉美味的责任心让我忍着术后疼痛耐心传授烹饪方法。

　　我的建议：吃金华火腿的最佳途径就是尽量吃原味，切忌加入重味调料。

材料：

金华火腿五片

柴鸡蛋三个

红酒一碟

苦菊适量

糖适量

制作方法：

步骤1：将金华火腿切成粒，用红酒腌制二十分钟，使其湿润且舒展开，增其味感。

步骤2：打破鸡蛋，只取蛋清，不要蛋黄。

步骤3：把腌好的火腿放入蛋清内，根据味觉轻重加入少许糖，用小勺轻轻搅打，但不要打太散。

步骤4：撒上切碎的苦菊苗，入锅慢蒸十分钟即可，出锅后可撒上杏仁末，用薄荷叶做装饰。

十一 夺命下午宴

结婚前，男人总比女人守时，特别是热恋中的男女，还有我这类准备向女友道歉的男人。

出院这几天，我天天电话骚扰霏圆，三天后她终于当传话人，帮我约定戴安安在三里屯雅典娜餐厅[1]进行谈判。

我迟到了，戴安安比我早到一小时，桌子上有四个咖啡杯，两杯未喝完的红酒，数团餐纸，还有一大沓单子，种种迹象显示她至少午饭前就到达。

有点过意不去，于是第一句话就是我来买单。接着我坐下来打量戴安安，她化了淡妆，还有些黑眼圈，看起来有点憔悴，心里涌出一种既好受又心疼的感觉。

我俩对视了几秒，然后她扭头。

我点了杯希腊莎塔里家族产的玛丽莎红酒[2]，这款用古老酿酒法酿的酒，浓烈的多种果味融合气息就像我和戴安安八年来所经历过的各种滋味的混合体，抿一小口，香气在口齿间刚微微散开，伤口的痛提醒我术后远离酒精。

她开口说话，没埋怨我，没讽刺我，也没冷言冷语，没任何表情，"唐德，你瘦了。"

心里一阵温暖，我真希望自己能再瘦点，让我再挨上几刀子。

"你还真瘦了点！"张霏圆说，"还有点苍白。"

"我刚做了手术。"

说完，我就后悔，为什么非要说出瘦下来的事实，让她一直以为我是在焦虑、悔恨、煎熬中变瘦该多好啊。

戴安安表情无太大变化，像问个陌生人那样，"什么手术？"

"腹部抽脂。"我说。

"啊?!"霏圆惊讶得嘴巴张成O形，几秒后才给出评价，"这可不像你的风格！"

"人总要改变的，我想有个新形象，特别是发生一些事情后……"我看着戴安安，小心翼翼地说。

戴安安扫下我的腹部，"霏圆，你来坐我这边，把沙发让给唐德，让他半躺着吧。"

"戴安安……"听戴安安这么说，我心头一热，感觉泪水就在眼眶打转。

就在这时，戴安安电话响起，"什么事？……你不能来，我和他在谈分手……对，和你是有点关系，但不是你造成……你就在这附近？那好吧，我在雅典娜餐厅……嗯，三里屯这边，一会儿见……"

从戴安安接通电话到挂电话，短短三十秒，一股说不出的苦涩滋味在胃里翻腾。再粗大的神经也能察觉出征兆，电话肯定是与戴安安有密切关系的某个男人打来的，这个男人要赶过来，这代表什么呢？虽然我从未期望戴安安立刻原谅我，已决定给她留时间考虑复合的事，但我压根儿也没想到会是这种局面，她戴安安已准备好让我见见她的新情人！

说实话，我很想发火，可我不敢，怕一张嘴说出的话让她起身离开。她看向窗外，意思非常明显，她在翘首期待那个男人出现。都说这个时代的女人对爱情普遍缺乏安全感，其实男人对爱情更缺乏安全感，否则他们为什么要想尽一切办法掌控男权？他们骨子里就存在着危机感。

见我们不再说话，霏圆清下嗓子，"我也准备让我男朋友去做抽脂手术，为什么男人一过三十就发胖呢？"

见没人搭理她，她识趣地低头继续喝咖啡。

又过三十秒，我的危机感越来越强烈，再也控制不住，"当初你为什么选择我？"

她的回答挺绝，"我瞎了眼！"

"我们毕业后，你不是说要离开我吗？为什么你最后没离开？"

"因为你一天给我打五十个电话……"

"被我感动了？"

"不是，我实在没力气躲避你。"

"我要听你说实话。"

"我告诉你，我戴安安从来不说假话。"

"哼，你从来不说假话？你秘密保存的情书是怎么回事啊，你戴安安从一开始就没给我说真话！"

我感觉自己此刻像个被抛弃的怨夫，"其实你早就不爱我了吧？我们住一起的第二年你就不再给我洗衣服。"

"时间太久了，我忘记是不是那么早就不再爱你，还有我这人比较懒，真抱歉所有衣服、卫生都是你打扫！"她说这些话时好似向服务员点菜一样，并没一点愧疚，"我一直以为你喜欢做这些事呢。"

"什么？你觉得我一个大男人特喜欢做这种事？"

她点头，"我承认我性情古怪，胃口挑剔，不过你总是烹饪一些奇怪的菜让我尝，我一直努力地适应你的各种饮食规则、厨房哲学……"

我打断她的重复叙述，"可最终你还是没适应！我帮你洗衣服、熨衣服、做晚饭早餐，那是因为我喜欢你，喜欢为你做这些事，还有食物淡是因为吃盐过多对身体不好，蒜不切碎是因为蒜的气味过大很容易改变主菜的味道，我创新出的菜第一个让你吃，是因为我希望你和我一起享受喜悦，你竟一直怨恨我！"

"算不上怨恨，只是生活方式不同而已，另外一点，我必须声明洗衣服做饭这些事本是一个女人做的事……"

"好！就算我们八年后才发觉生活方式不和谐，但我怎么不像个男人?!"

"非常抱歉这话伤了你，很感谢你为我做的这一切，让我不用思考周一衣橱没有可替换的衣服，不需要去超市蔬菜区转悠，你在这些方面从来没有让我失望过。"

人们扭头看向我们。

她接着说，"有时我想，如果和你生活一辈子，怕。"

我强迫自己降低声音，"这有什么不好？这不是你们女人一直希望的安稳生活吗?"

"绝不是!"她语气果决,"你永远只关注表面,不去理解我的真正需求,我需要一个成熟的男人,而不是一个要我养的小孩!"

她又开始提钱的事,这让我很看不起她,"我以前比你挣的钱多时,你不也是需要我照顾要我养的小孩?!"

戴安安轻哼一声,"唐德,你根本没理解我的意思,我不想和一个越活越差劲、越没目标的男人一块生活,我需要两个人一块朝前赶,我已经不想拖着你朝前走,太累了!你总是很偏激,从不站在我的角度来想想,我很累,不想谈了。"

我也有点泄气,又想起另一个问题,"我可以暂时忽略九年前你就和那个狗狗乱搞到一起,我们只说这些年,你就一直预谋离开我,对吧?"

"我们谁都无法预料自己什么时间会变心,我们以前深爱着对方,可谁知道什么时候不再爱了呢?"

我一下子蒙在那儿,是啊,谁能在相爱时就预测到何时不再相爱了呢?我不知道该回答她什么。

这时,霏圆插话进来,"好了,好了,你们分分合合一百零三次,真把爱情当过家家啊,不开心就散伙?人的一生经历一次两次三次顶多十次的分手就足够,可你们呢,都分了一百零三次却还能坐在这儿,幸运还是演戏?"

就在这时,一个男人走过来老远就和戴安安打招呼。打量他的样貌,他比我高,比我身材好,头发比我浓密,整体比我有型,哪怕我去看世界最顶级整形医生也无法超越。

我说,"你好!我是唐德。"我主动起身伸出手,我们握手,

我狠狠地握他，想给他个下马威。

　　"早闻大名，我是贾明斯，是贾宝玉的贾，明天的明，斯大林的斯，很高兴认识你！"他笑着回敬我。我的手被握得生疼。

"你这么对待一个病人啊！"我有点气急败坏。

"他病了？"他笑着问戴安安。

霏圆回答，"他刚做完抽脂手术！"

"去健身房多好。"他看我一眼，有点轻蔑。

"他只爱背着戴安安搞床上运动！"霏圆说。

贾明斯恍然大悟后，意味深长地看看我，"原来如此啊！"

我狠狠地瞪霏圆一眼，问戴安安，"他就是'你的狗狗'？"

"不是！"

"那他是谁？"

"另一个人！"

"嚯！"我气得说不出话。

　　这个男人是"狗狗"之外的另一个男人，她戴安安究竟对我隐藏了多少秘密？我看着贾明斯年轻帅气的脸蛋，嫉妒之火燃烧起来。"你们上过床吗？"我没问戴安安，而是问贾明斯。

　　他皱皱眉头。

　　戴安安却动怒，有点狰狞，"凭什么要告诉你？"

"他比我床上功夫好？"我脱口问。

　　戴安安嗖的一下站起身，准备离开，霏圆拉着她，硬把她按下。

"不可理喻！"她愤怒地坐下。

霏圆拉拉我，"唐德，别再丢人了！"

这真的很丢人，不是在公众场合说这种话而丢人，而是身为正牌男友的我竟在气势上比不过这个小三。我强压着怒火，有礼节地问，"失礼了，对不起，想喝点什么？"

他说，"谢谢，一杯柠檬水吧，我今天不想喝酒。"

"想吃点什么？"

"素食就行。"

"哈哈，"我控制不住地嘲弄他，"聪明的人才懂得吃荤的艺术。"

"你什么意思？"我看到他的拳头在慢慢握紧。

我也握紧拳头，准备反击，"就是你想到那个意思！"

我刚说完，便被一团红色液体糊住双眼，她戴安安怕浪费，于是将那杯玛丽莎红酒泼到我脸上。

她狠狠放下酒杯，扭身离开，贾明斯追着她出去。

张霏圆可怜又可悲地看着我足足十秒钟，摇头叹气，"你没救了！"

这种事发生在男人身上的概率挺大——被老婆捉到在餐厅约会年轻女孩，酒吧调情未遂被性感女羞辱，旅行途中邂逅美女后被误会图谋不轨等等，以前我认为被人泼一脸酒挺搞笑，当自己成为主角才知道，这绝对是人生里的最大侮辱。

我强压着羞耻，最快速度算账走人。上出租车时不小心扯到腹部的伤疤，疼得直吸冷气。我斜躺在后座上，接受肉体与内心双重洗礼。

我向司机大哥借了笔和一张发票，要向戴安安澄清事实，我绝不是那种容易欺负的窝囊废。

我的老安安，下午愉快！

不是我唐德道德沦陷，今天来之前我本来是要道歉，可现在我很庆幸并没有那么做，因为我看清你是个愚蠢至极的女人！你一定以为我会吃这个小白脸的醋对吧？你错了，事实上我觉得你俩一点都不般配，你看起来就像他的姑妈一样。我很乐意他从我手里将你接走，我祝他幸运，也祝你这个当姑妈的天天性福。

无事一身轻的唐德敬礼

1 雅典娜餐厅：Athena Greece Restaurant，一家坐落在北京使馆区的提供加长雅典食物的餐厅，接近西班牙使馆北侧，最知名的菜肴是希腊木莎卡和妈妈茄盒。

2 玛丽莎红酒：莎塔里（Tsantalis）是个家族名字，于一八九〇年在希腊种植葡萄，这个家族最著名的酒为一九七五年推出的Agioritikos酒和一九八三年的Makedonikos酒，其中Agioritikos酒是希腊第一地区性的红酒。玛丽莎是款藻红色带有多种果味醇厚的葡萄酒。

十二 醋与吃醋

在将一瓶日本Daiso玄米黑醋[1]放入购物筐，嘴巴和心窝突然酸起来，这绝算不上什么美好体验。醋有着让人很不甜蜜的气味，又不是药丸的难以忍受的苦与涩，它与辣椒的味道同属一类，均是那种让味蕾受到不悦刺激却又让人着迷的口感。我爱这种酸酸的味道。我最大梦想之一便是收藏世界各地的醋。截至目前，我最爱的几种外国醋：能制作鲜菜水果沙拉的噶维雅妮香醋[2]，白沙司专用的冠利白酒醋[3]，吃鱼生和海鲜沙律时的亨氏沙律醋[4]，适用于红肉或红色水果蔬菜的魅雅红酒醋[5]。还有几种中国醋：具有药效功能的保宁醋[6]；适合拌冷盘的镇江香醋；可以和任何菜肴搭配的山西老陈醋；还有最适合做酸菜和泡菜的龙门白醋。

在我小时候，最常见的醋是用马铃薯淀粉制作的酒精醋。很少见到外国醋，更没有蒜汁醋、姜汁醋、辣椒醋，更别说葡萄醋、苹果醋和各种保健醋。我小时候最爱的饮料就是加入蜂蜜或果汁的糙米醋，老妈最爱味道甘美、具有美容之效的糯米醋，我和我老妈常被老爸称作家里的两个"醋坛子"。

女人，吃醋是她们的天性，某些时候吃醋会让女人变得很可爱（我小时就觉得我妈和我爸吵架后她喝一大杯醋发泄的样子很可爱）。但假如一个男人被称为醋坛子，那绝对不是什么光荣的事，于是我立刻与这个童年最亲密"女孩"说拜拜。谁知在十多年后，童年那个最亲密女孩又回来了。

这几天，是我有史以来"开胃"最猛烈的一次，胃已被"酸女孩"腐蚀出个大窟窿，严重影响到情绪。当一个人吃醋过多，最好的解决办法就是打破戒律，寻点甜蜜的东西，例如吃几块大白兔奶糖，甚至巧克力也可以。

李雪莉很够义气。当我在电话里说了遭遇羞辱的事后，她立马答应和我到超市食品市场疯狂购物。我俩从零食区到奶粉区，又从蔬菜区转回红酒区，见到喜欢的就拿。

我翻着货架上的瓶瓶罐罐，"我很气愤！她故意找个比我帅比我高的男的来气我，这个新男友还不是给她写情书的那个狗狗，我现在还有点迷糊戴安安究竟是为了他俩中的哪一个甩我？我一直觉得这不是真正分手的原因，她一定对我隐瞒了什么，你说她是不是得了什么绝症？"

雪莉扑哧笑起来，"太韩剧了吧！"

"我一定要弄清楚，否则我非得含恨而死，我要知道真正的原因，不是一堆看起来很糟糕的理由。"

"既然已经分手，又没机会挽回，你最好不要问，她更会觉得离开你是对的！"

"我不信!"

"我是女人,很多时候女人的心思是相通的。"

"没有特殊原因?"

"分手还能有什么特殊原因呢?女人如果真要和你分手,会用想象不到的话来伤你的心,好让你死心!"

我想起戴安安说的那些我这辈子都难以想象出的讽刺话,"你的意思是让我永远放弃真相?"

"常理上是如此,否则追究下去只会给你更深的伤害,她的回答会是你一辈子的噩梦!"

"我和她曾经有那么多快乐时光,她就那么容易忘记了?"我将一袋面包屑用力丢进购物车。

"女人很容易记住一些事,例如你背叛她,但当她主动离开你,曾经的快乐时光很快就会烂掉。"

心里酸的难受,我又拿了一袋面包屑,还有一盒干酪,"那么说在她结婚后我才可以约出来吃饭见上一面?呵呵,估计她老公不同意!"

"先别管她老公让不让你们见面,你要先问戴安安婚后愿不愿意见你。或许她会说好,不过她心里一定冷笑,'婚后见面?哈哈,婚前你都没征服我还提什么婚后见?'她恨不得把婚前和你一起的记忆都消除掉,那可浪费了她大把大把的青春!"

我气得牙痒痒,随手将一袋盐津橄榄捏碎三颗,"难道我在她心中已没一丁点位置?"我一次拿两瓶地将黑龙江克东腐乳[7],桂林花桥白腐乳,台湾黄豆米曲豆腐乳,云南天台油腐乳扔进购物车。

雪莉看我又看看我的购物车,摇摇头,"啊,你就权当她把爱珍藏在内心最深处吧，这样你还好受点。"

"事实呢？"

"事实……她会把你丢到不会轻易看到的角落，如果没发生那种你一夜成名的大事，她才懒得去动你！"

听了雪莉的分析后我伤心极了，连推车的力气都没了，雪莉将一瓶绅士花生酱和一瓶蜂蜜放进车内，她拿起一瓶荔枝罐头看看商标和日期后，又放了回去。

我还是觉得不爽，"难道分手后连朋友也做不成？"

"别自欺欺人啦，唐德，你俩都受了伤，谁都知道见面后会很尴尬，慢慢地你就会觉得不见更好。"我脑子一片混乱，没有一点头绪，没有一点力气，"分手就是这样，所有人都觉得会心痛一辈子，其实几个月后都会好起来。"

"希望吧。"

"好了，停止吧，你越想会越悲伤，忘记她，开始新生活。"她将一盒番茄沙丁鱼放进购物车，"对了，我昨天做油煎茄片，按照你说的方法，煎出的茄子却像腐烂树叶。"

她一说像腐烂树叶我就知道怎么回事了。煎茄子就跟谈恋爱一样，要掌握火候，有时要猛火有时需小火。开始煎时，就如追求一个人时要猛下工夫用高温来感动，待茄片定型后别忘了用油滋润，恋爱期间还要不时弄点情调维持新鲜感，等茄片两面都金黄后，就要用文火慢慢煎至入味，这就像结婚前更要小心翼翼地温柔对待，哪怕对方发再大的火也要控制情绪保持文火状态，爱情在这样的火候内才能煎熬成婚姻。

"我觉得你刚开始煎切片时的火力不够！"

我还想着戴安安的事，就拿煎茄片来分析我和戴安安的问题，我俩刚开始的火力是足够的，只是这个火力的大小没有控制好且煎太久让彼此感觉有点变糊，待我俩发现这个问题后就立刻去调火苗，谁知不是太小就是太猛，一直没有达到文火状态，以至于我俩最终都疲累不堪，只能关火熄灶。

"一场关系结束后，你会一直怀念对方吗？"我有点伤感地问雪莉。

"恐怕只有你吧！"

"我觉得应该留下点什么东西做纪念。"

"恐怕都是胸罩内裤之类的吧。"她蹲下身子，搜索着红酒，"你们男人不是都爱留着前女友前前女友前前前女友甚至初恋女人的东西嘛！"

"是什么东西不重要，你说男人留着这些东西都是什么心态？"我走过去，帮她将一瓶甘肃莫高二〇〇一款的黑比诺[8]放进购物车，"你用这个做菜就行，不需那么好的红酒。"

"你不就是男人吗？！"她给我一个无可奈何的眼神。

"我想知道别的男人怎么想的。"

"那我下次帮你问问别的男人，为什么留，是为纪念曾经光荣征服女人的荣誉感还是拿来自慰？！"她用挖苦的语气说，"希望你是个例外，你留的是戴安安的什么东西？拖鞋还是睡衣？"

我知道雪莉的具体意思，她根本不会相信我是那种不收藏前女友物件做纪念的人。截至目前，我没有收藏过任何一件与女人相关的东西，对于收藏女人物件我没半点兴趣，做这样的事只是留个伤心记忆。如果是我甩了她们的话，我很乐意收藏一两件作为纪念，可能还不时会拿来幻想一番。

这时走到计生用品货架旁，我冲雪莉眨眼睛，"我们要不要买盒？"

她白我一眼，"唔。"

口气词有很多种，其中"唔"发音最小，却能让听者显得最渺小。雪莉的目的达到，我会把她的警告记到心里，以后绝对不再提和她上床的事儿。我挺纳闷的是女人为何能迅速对某个与她上过床的男人失去兴趣，难道她和这个男人碰面聊天时不会想起曾经的甜美激情吗？

1 Daiso玄米黑醋：大创Daiso是日本一家知名的保健食品公司。玄米醋是其最受欢迎的产品。它由发芽玄米发酵提炼而成，玄米胚芽中的营养成分很高，不同于一般黑醋色泽，可做水果沙拉调味，或直接温水服用。

2 噶维雅妮香醋（Gavioli vinegar）：顶级葡萄汁酿制而成，适合制作鲜菜沙拉，还有新鲜水果烩，或者冰淇淋。

3 冠利白酒醋（kiihne white wine vinegar）：特别适合做白沙司，及所有的蔬菜沙拉，是很实用的醋。

4 亨氏沙律醋（Heinz salad vinegar）：卡路里很低，可制作酸甜的水果沙拉，也可作为吃鱼生和海鲜沙律时的醋。

5 魅雅红酒醋（Maille red wine vinegar）：颜色厚实圆润，非常迷人，适用于红肉或红色水果蔬菜。

6 保宁醋：素有东方魔醋之称，这种醋是少有的药醋，具有温肾健脾、除湿解暑、祛风寒、防感冒、清肠、治痛防癌等多种功能，是世界之醋中的上品贵族。

7 黑龙江克东腐乳：一种深红色散发杨梅混合花香的腐乳，适合搭配各种粗粮。后面提到的几种腐乳：桂林花桥白腐乳具有米酒香味，适合食用味浓的食物时搭配；台湾黄豆米曲豆腐乳具有明显茴香味和甜味，适合搭配白粥；云南天台油腐乳是一种辣味豆腐乳，有一种浓厚香气，适合与汤类食物搭配。

8 黑比诺 (Pinot Noir)：这是世界各大酒产区几乎都种植的一个葡萄品种，它的气味和味道因产地不同而差异很大，但共同的特征就是都有明显的水果味，一般而言，新酿制的黑比诺，陈化一到六年时间，口味才成型。

美食狂记事十
蒜香肉末煎茄片

作为朋友眼里的厨房之王，我一直觉得自己是个很有情趣的男人。

但当得知我在前女友戴安安眼里是个没激情、没生活目标的男人后，我不由发狂，我不明白做一个家庭型的男人有何不妥？

经过一番男女关系思考后，我突然明白，我和戴安安的关系就像蒜香肉末煎茄片，因没控制好火力，又煎太久让彼此感觉变焦糊，以至于我俩最终都疲累不堪，只能关火熄灶。

想掌握爱情火焰的使用秘诀，真不是简单的事！

材料:

紫茄子一个

瘦肉馅一碟

米醋一碟

蒜片五瓣

红酒一杯

鸡蛋一个

葱丝适量

姜末适量

椒盐适量

绵白糖适量

橄榄油适量

花椒七八颗

制作方法:

步骤1: 将茄子洗净带皮竖切为厚约五毫米的长形片, 在红酒内浸泡一下后立刻取出, 抹上一层油, 撒上一层椒盐, 放盘子内腌制六至八分钟。

步骤2: 将瘦肉馅用半个鸡蛋、少许椒盐拌成馅泥, 要多搅拌, 使蛋清完全吃进肉内。

步骤3: 将煎锅内橄榄油烧热, 先放入一部分蒜粒爆出香味后捞出来, 再加入一些橄榄油, 放入腌制好的茄片, 煎至两面金黄, 因茄片吸附性较强, 每放入新茄片前就要先加入一些油。

步骤4: 煎好切片后, 锅内留底油, 放入花椒粒爆出香味后清除掉, 再放入葱丝、蒜末、姜末煸出香味, 入肉末翻炒至发白后, 放入糖、米醋和红酒, 大火烧滚腾。

步骤5: 放入茄片, 改为小火, 煨半分钟后翻面, 大火收汁即成。

十三 猜猜谁在拧麻花

　　一生中有太多麻烦。作为一个孩子，我们有固定的解决纷争的方式，像打架，或向对方父母告状。成年后，我们会遇到很多无法解决的麻烦，这种情况下，我们要么任它发展，要么在煎熬中面对它、处理它。

　　上次和戴安安见面一个星期后，我在大学同学聚会上办了件傻事。在聚会差不多要结束时，不知道是谁将话题转移到"艳照门"男主角的最新新闻，接着提出两个问题：你给自己女友拍过艳照吗？你会利用艳照做些什么？我傻啦吧唧地抢答说："我就给戴安安拍过艳照，有机会的话发网上与大家共享下。"

　　事实上我根本没戴安安的艳照，最暴露的也不过是她穿着泳衣在海边奔跑。当时我是在半醉状态下，看着其他同学都成家立业或成双成对，又想想戴安安对我的态度，内心不由得愤恨，想说她点坏话。

　　倒霉的是不知谁拿着DV，将画面和声音都录了下来，并上传到校内网上。这下麻烦可大了！一夜之间，这个视频火了。

最后，连戴安安也相信自个儿一定有什么恶心照片在我手里，她在电话内哭着大骂，如果我敢弄出什么新的艳照门，我这辈子就别想活得安宁。

在我拔掉电话线，与世隔绝了两天后。一个半夜，门铃响了。我最讨厌半夜有人来拜访，不过在身心俱疲又睡不着的情况下，也就不那么在意了。开门，眼神跟随着黑影往下沉，詹望身子正顺着门板倒下来，他醉醺醺地伸出手："兄弟，拉我一把！"我期望的老友来访最好是这样——带着一瓶好酒，与我大侃到半夜，然后去吃夜宵，我把他灌醉并找车送回家，最后我回家抱着那瓶酒睡觉。

我拉起他晃晃悠悠弄到房间，将他甩到沙发上时扯到腹部伤疤，扶着沙发龇牙咧嘴了好一会儿，还不得不听一个醉鬼絮絮叨叨地说个不停。情况是这样的，我们优秀的社会精英詹望先生栽进爱河，疯狂地爱着一个女人，自认为身份达到社会金字塔上层的他主动表白后，此女却说他们俩不可能，得不到的痛苦让他欲罢不能，又不知所措。这个大学时就是高智商、泡妞最多的老友，我没做什么劝慰，并将他今天的歇斯底里归结为有钱人自找的情感小烦恼。比起因虚荣心作怪而弄得自己臭名远扬的我，他足够幸运。

看他说个不停，我思索着如何帮他醒酒。按照蒙古人风俗，在一杯热番茄汁内放入醋浸的绵羊眼睛；依照德国风俗，一大块咸鲱鱼和洋葱一同煮熟，就着温啤酒喝下去；再或让他喝上一碗自己的尿……呃！虽然我很好奇效果，但想到要帮他撒尿就放弃了。还是用温水冲开半杯白醋，端给詹望。

拍拍他的肩膀，"小德子伺候大少爷喝茶！"

看着他的颓样，似乎受到的打击挺大，又想想自身情况，心里挺不是滋味。在新式男女关系里，女人已经站在更高台阶上，过去那种琼瑶女生的善变、摇摆不定、多愁善感性格已慢慢成为历史，她们正逐渐变成冷血动物，要么是吸食榨干男性的吸血鬼，要么就是对泰坦尼克号撞到冰山也无动于衷的冷感症患者。

他皱着眉头喝着白醋水，一口气喝干净，想必酸味与示爱被拒绝相比，只算是小不适应。

他将杯子递给我，"你不知道她多么迷人，她是我这辈子见过的最想娶的女人。"

"告诉她你有亿万财产！"

"她一点也不贪财，也最讨厌别人显摆！"

我对这个女孩充满好奇，"她究竟多漂亮？"

"唉，我形容不出来，她几乎不能用语言形容！"他挺直身子，躺在沙发上，"你和戴安安怎么样？"

"还能怎么样？她扬言若我敢将艳照放网上就雇人阉了我，我连电话线都拔了，"突然很有感触，"我现在看透了，爱本来就是虚无的东西，詹望，你有没有想过，这些所谓的真爱可能全是一个假象！"

"假象？"醉眼迷糊的詹望瞪大眼睛看着我。

"没错，就是一个虚构给全世界的假象，一个被历史、神话、娱乐、媒体共同编制的谎言，宣传着这个根本不存在的概念！"

"你的意思是真爱根本不存在？"

"你想想看，我们除了在电影里看到，小说里读到，音乐里听到，它还在哪里出现过？有谁敢对一个人保证'我会永远爱你'？大家都在说谎！"

　　詹望醉眼盯着我，迟疑一会儿，"觉得真爱不存在的人是因为他们不懂得爱！"

　　"你的意思是我可悲？"

　　"很多人都有那么一点可悲，这就是为什么我们总怀疑真爱是否存在的原因。"

　　尽管詹望看起来醉醺醺，不过他说的有理。

　　他瞧我几秒后，眼睛一亮，"唐德，我们应该回到原始社会，那时人都容易满足，还愿意与人共享，包括女人。"

　　"共享女人？"我不由得大笑，看来和酒鬼谈话并不总是无聊，"如果回到原始社会，我一定会和你共享一头母猩猩！我们是好哥们儿嘛！"我拍拍他肩膀，开玩笑说。

　　"那给我看看她的艳照！"

　　我摇头。

　　若我真有艳照，也不会与詹望分享。无论原始社会，还是科技时代，性、爱情和填饱肚子一样都是自私的，只允许一个人享受，属于不可共享的秘密。

十四 弃男的生日餐

　　我希望当个婴儿，一辈子不必长大，不必花大量时间思考自己是怎样的人。第一百零三次栽在戴安安手里后，我逐渐清醒过来，我和她最开始共同努力的方向已经不存在。我马上就三十二岁了，人生路途上出现的各种问题，足够构成一个复杂方程式，我若想活的开心，就必须解构它。反之，继续被它奴役。

　　生日这天，我早早起床来到厨房，为生日晚宴做准备。被视频丑闻弄得无颜见人一段时间后，自觉长久下去会越来越与世隔绝，就借举办生日宴会，向大家证明我唐德还是原来的唐德，有聚会或腐败吃喝的机会别忘喊我。

　　在中午十一点，接到一个陌生电话。

　　对方说，"我是戴安安男朋友贾明斯，上次我们见过，想和你谈谈。"

　　眼前冒出贾明斯那张帅气的破脸，我立刻有了揍人的冲动，"好，哪里？"

"知道Prego餐厅[1]吗?"对方用很傲的口气说,就像我是个没见过世面的傻逼。

"就算十万个为什么都被你问完了,这个我也知道!"

我可以接受情敌抢走了戴安安,可以忍受他背后的诋毁,但绝不能让他当着我的面招摇。在出租车上,我计划着用什么方式将他撂倒在地,让他以后见到我就避开两条街。

在餐厅门口,在我报出贾明斯的姓名后,服务生殷勤地将我带到餐厅露台上。贾明斯正在喝一瓶莎当妮白葡萄酒[2],看到我后立刻起身,我朝他坚硬地点点头。

"你想谈什么?"我压制着怒火问。

"谈谈戴安安吧!"

他让服务生新添个酒杯。

"她!她有什么好谈的?"

"你和她没有任何关系?"

"那根本没必要谈呀。"

"是吗?我怎么觉得我们俩有谈不完的话呢,别误会,我是说关于戴安安我们有谈不完的话,假如抛开戴安安的话,我们就没必要见面了。"

我脑袋里立刻冒出给戴安安写九年情书的那个狗狗,再加上这个小三男,两个人的行径不由得让人抓狂,我决定开门见山,"呵呵,我的身份戴安安已经和你说得很清楚了吧。"

"是的,今天我也因戴安安而来,是个男人的话请你别再骚扰戴安安!"

"骚扰?骚扰?她告诉你我骚扰她了?"

"你以为呢?"

"你就那么肯定我在骚扰她？其实我是关心她。"

"有你这么关心人的吗？每天半夜打一次电话。她神经衰弱。"

看到了吧，这就是新男友与前男友的较量，一个为这个女人提出合理的要求，另一个便拼命拒绝要求，最糟糕的是，我想拿拳头揍人，对方却一脸赔笑。

接下来，我开始和他较劲，比比谁的眼神更厉害。我直盯着他，幻想自己正拿把菜刀剁肉。

很快地他坐不住了，局促不安起来，开口找个话题，"好吧！你喝什么酒？听说你很懂红酒！我们去酒窖挑几瓶？"

我心里有股好好捉弄他的念头，他以为他是谁呢！

侍酒师带着我们穿过大堂。路上他给我讲酒窖的历史。作为一个红酒高手，我对他的话嗤之以鼻，嗯哼地不时应答一下，听起来他就是那种只具备总结技巧的人。

我们终于到达酒窖，贾明斯随手一指，"你随便挑，我在这儿存了好多红酒呢。"

"是吗？"我故作惊讶地指着最大的那排酒架，"这都是你存的呀？"

跟在我们后面的侍酒师插话，"我们这边的红酒好多都是贾先生的。"

听到这话后我呆住，以为是错觉。此刻装作没听到他俩的话能让我更舒服点，可自认为红酒高手的我很难接受这个现实：我花费大量时间看了大量的书，花费昂贵的金钱品尝大量红酒，几乎准备将我的一生都奉献给红酒，而结果呢，我不仅没得到过一个完整酒窖，还被人羞辱了。

这时他拉出最上层的酒架子，"喝哪种？这层全是勃艮第红酒[3]。""要Corton？还是Richebourg？"他一瓶瓶翻着。

我目不暇给地看着，Romanee St.Viant……Mazis－Chambertin……

他又拉出第二层，"要不再来瓶意大利的？"接着他一瓶瓶秀给我看。

天啊，竟然是Barbera D'Alba[4]，还有难得的Barolo Brunate和Barolo Villero，连Barbaresco Robaja也有，都是意大利的一流红酒！

他看着我错愕的表情说："你不喜欢意大利红酒？没关系，还有智利的红酒呢！"

他拉出第三层，"Cuvee Alexandre[5]和Don Mclchor挺不错的，对了，还有瓶Funs Terrae，要不要？"

"呵呵，"我感觉自己笑得极不自然，"你存那么多智利红酒干吗？智利酒离最好的总差那么一点点距离……还有别的吗？"

"还有西班牙的！"他耸耸肩，拉出第四层，"那来瓶里奥哈红酒[6]怎么样？要Vina Tondonia还是Pesquera？"

见我没理他，他准备拉开第五层抽屉时，我阻止下他，"纠正你一下，Pesquera[7]不属于里奥哈红酒系列，它是杜罗河里贝拉产区推出的。"

"是吗？"他看起来像听一个笑话，"你说那里产的就那里吧！"他随便抽出一瓶酒，"有时我在想这么多酒要和戴安安喝很久呢！"

我感觉自个儿快要被他击垮，硬撑着笑脸，"戴安安不懂红酒！"

　　"是吗？我倒不觉得，上次我俩喝的挺开心啊，见她对红酒挺有见解的嘛，"他不屑地看我一眼，"看是和谁喝吧！"

　　我彻底崩溃，"那好吧，你们以后要天天喝，说不定哪天你就把她给喝跑了，作为一个过来人告诉你，你们不是红酒品够了，就是她把你品够了。"

　　"什么意思？"

　　"红酒好品，可她或许没你想象的那么好品！"说完我转身离开，"我不敢保证戴安安是真的喜欢红酒，但她绝对有一天会像品够我一样品厌你！"

　　我不明白，之前戴安安因我消费太多红酒而大闹分手，现在却找这样的一个男人向我耀武扬威，真是唯女人和小人难养也。

　　还好是周末，人数不多，我躲在Buzz酒吧[8]的角落内独自喝白马威士忌。中间我给戴安安拨了三次电话，她都未接。之后，我也没脸再拨打，想必她戴安安早做好万全措施。看着不远处老外正和服务员争执着什么，我无比渴望他们能更大声些，这样我就可以冲他们吼一声，乘机发泄一下。可惜一直没等到这样的机会。倒是服务员看我一直盯着他，几步走过来问我是否需要效劳。我刚说完没有，然后又点头说有。我让他给我拿来一张纸和一支笔，此刻唯有写信才是最实在的发泄途径。

敢借刀杀人的小戴安安小亲亲你好!

　　你应该感到高兴,今天终于将我打垮。记得我曾问你如果我们真的分手,你会不会非常恨我,那时你掐着我的后背肌肉,狠狠地说:一定会。今天我品尝到你的恶毒。这个时刻我本应该写下满纸的骂人话,可提笔后我却改变主意。你应该感到庆幸。无论你信不信,此刻我真的哭了。可能是喝醉了。无论是哪种途径,你都应该高兴,我承认我不如他,没他有钱,没他藏的酒多,没他更专业。祝愿你俩能一块喝一辈子的红酒,喝到你掉了大牙,喝到想呕吐,痛苦地想逃离,那时如果我还在世的话,我绝对不会收留你。

　　　　　　　　　　　　　被你羞辱哭的唐德致谢

　　写到这里,突然发觉生命里存在着一个同样的残缺窟窿。那是九年前,少妇简带给我的。她甩我的原因与戴安安甩我的原因几乎一样,两次我都输给有酒窖的男人。一瞬间,我感觉窟窿裂开的更大,冷风大雨无情地灌进灵魂,痛极了。

　　一个小时后,我和阿肯坐在他家门前台阶上,我开始诉苦,"阿肯,你说戴安安她是在向我示威还是证明她很有魅力?你说她这不是重蹈覆辙吗?你们医生是怎么形容这种人的?"

　　"临床用语?"

　　我点头,"对,就是那种重蹈覆辙的人。"

　　"Pathetic,悲惨的人。"

　　"对,她就是那个悲惨的人!"我说。

然后我大口吃喝从他家找到的半瓶四特酒、罐装鱼子酱、生菜和咸蛋黄及面包片，刚开始他还阻止我奢侈的浪费，后来索性当我隐身。我边吃边抱怨戴安安的种种不是，小三男对我的打击，酒窖及藏酒给我带来的刺激，讲着讲着心里突然无比失落。

就在这时，阿肯手机响起，他嗯嗯哈哈几句后挂断，"你之前给大家说的生日宴会几点开始？"

"下午五点。"

他无奈地看着我，"大家现在都在你家门外呢！"

我应该逃到某个海边沙滩好好地享受扔下重担的惬意，而不应该邀浑蛋们来喝酒庆生。

他们先是摔碎一排马丁尼酒杯，接着弄乱我厨房和储藏室，然后不知又是谁把一条粉色女士内裤当成戴安安的，套到李雪莉带来的光头教练男的脑袋上。更糟糕的是当我带着仅剩半毫升的庆生乐趣返回厨房做汤时，我还没插上蜡烛的生日蛋糕，那花费整整三个小时、用了十三种水果、半桶Nutella巧克力酱和特地从马克西姆定做的黑森林蛋糕坯制作的三层生日蛋糕被金牧女儿的屁股摧毁。这也不怪她，如果雷蒙没搔她胳肢窝，她就不会后退，也就不会一屁股坐在遗忘到地板上的生日蛋糕上。

无力又发懒情况下，随便地找出一些香卤鹌鹑蛋、盐津芋头、随州珍品香菇和平潭鱼丸及一些坚果投入锅内，开大火翻滚。有些时候，友情能在最难熬的阶段给予支持，就像一锅随意投入蔬菜、肉食和水后炖的汤，一个人待着时可能会很喜欢慢慢品味它，但几个人一块热闹时又觉得它的味道过于复杂让人累神。

就在我思考究竟该如何向大家解释这锅生日宴的大杂烩汤时，听到有人大喊我的名字。

跑出厨房，竟发现霏圆笑盈盈地走进来，手里还拎着一个生日蛋糕，"唐德，恕我来晚哦！"

这绝对是个意外！在我生日邀请名单上，她的名字我填上去又划掉，主要是我觉得，纵使我打去电话，她也不会来。

我满怀感激地来到她面前，"真是……太意外！"

她冲我微微一笑，边拆蛋糕包装盒边说，"戴安安也让我送来祝福，祝你在新的一岁中活得更开心，身体棒，精神棒，爱情棒，记忆力更棒！"

"谢谢！"我心里涌出很奇怪的感觉，类似将一个药片放到嘴里后，却找不到送服的水。

霏圆露出一个从未看到过的怪戾笑容，"唐德，戴安安祝你生日快乐！"接着她将生日蛋糕扣到我脸上。

我听到霏圆的拍手声，"任务完成！戴安安今晚也可以安心地约会啦！"

房间内的喧闹声立刻消失了，静悄悄的可怕，我耳边传来高跟鞋敲打着地板远离的声音，再往后就是摔门离开的撞击声。

就在这时，我还听到金牧女儿央求声，"爸爸，我要吃生日蛋糕。"

透过逐渐滑落的奶油，左眼终于看清点状况。金牧拉住女儿捂上她嘴巴、掰着她脑袋扭向他，摇头示意噤声。詹望端着

我的笔记本从书房跑出来大喊："唐德你电脑坏了。"

随手从桌子上拿起一个盘子，开始将脸上蛋糕挖到盘子里，此刻我已失去羞耻，留下的只有愤怒，"刚才是谁给那女的开了门？谁？谁开的门就把这蛋糕给我吃了！"

这时我看到从洗手间走出来的雷蒙及目瞪口呆的森，"对不起，哥！我以为……"雷蒙小声说。

我走过去把盘子塞到雷蒙手里，"今天不吃了它我和你拼命！"

身后再次传来金牧女儿的声音，"爸爸，唐德叔叔说可以吃蛋糕！"

房间内这群没有道德感同情心的无耻男女前倾后倒的大笑起来，最让人可恨的是詹望大笑时竟将我的电脑掉在地板上，最终他止住笑，"非常对不起，我会找人给你修好，可能会重新格盘，如果还不行的话，我赔你个新的！"

我自小受到的教养是旁人在场时绝不可以作怪或失礼，我采取这样的处理方法：转身，面挂笑容地朝大家点头，微笑着躲回厨房并关上门，然后大叫着，弯身拿起地上的垃圾桶朝墙上摔去。很快我就后悔，那锅我在懒惰情况下创意出的"友谊地久天长团圆汤"就这么被垃圾覆盖住。

"亲爱的表弟，你过来一下。"

雷蒙立即跑过来，冲进厨房一瞬间后，发出巨大分贝的尖叫："啊——OH MY GOD！"

在我准备掩上门时已经晚了，其他人也相继冲进来，接连地"啊！""喔！""我的妈呀！""天！""恐怖！"等词语响起来。大家被混乱不堪的厨房和还在咕嘟咕嘟地冒泡的汤给弄傻了。

阿肯把酒杯放到冰箱上，开口说，"别看了，别看了，没事的人都先回吧，如果还想吃块蛋糕，那儿——"他指着地上被压得不成型的蛋糕，"可以从那里挖一块吃。"

看到女儿真的弯腰去挖，金牧连忙拉住。

十分钟后，家里只剩下三个好友及一个满脸巧克力酱的小女孩。我们坐在沙发上，桌上放着我珍藏数年的开普之花（Fleur du Cap）品乐红酒[9]。

阿肯给他们讲完我今天被贾明斯羞辱的事。听完后，金牧说："真想见识见识这个藏酒牛人，那酒窖真是他私人的吗？"

就在这时电话响起来，是戴安安打来的，周围乱糟糟的，有说话声和隐约的音乐声，她说："唐德，只是想告诉你，你已三十二岁，无论你装失忆还是脑袋真生锈，祝你又老一岁，喜欢我的生日礼物吗？"

戴安安这个疯婆子已经入魔了！

他们盯着我沉默几秒，阿肯重新找个话题，"我们都留意下身边的朋友，介绍个新妞给唐德认识啊。"

詹望怪里怪气地说："要我说呀，最好的女人早给别的男人占去，那些三十岁没找男人的女人呢，通常都会养只猫，所以啊，唐德，你很可怜，你对猫过敏。"

"连养猫的老女人也不会看我一眼，行了吧？"我抓起酒瓶塞上红酒塞，起身送客。

他们走后我洗个澡，坐在沙发上继续喝剩下的酒。感觉有那么点醉后，想起给戴安安写的信还在裤兜内。于是跌跌撞撞地下楼到路对面邮箱把信投进去，然后又跌跌撞撞回到家。这时才发觉出门前没带钥匙。晕乎乎在门前站一会儿后，想起雷蒙有我一把备用钥匙。刚拨通电话后，便感觉天转地晃，我终于吐了。

第二天早上醒来时，阳光刺的脸颊发痛。看着镜子中的自己，感觉有点陌生，还有点苍老，我意识到今天开始自己已经三十二岁，现实生活里的美食美酒人生目标走的并不顺畅——收入降低了，消费增高了，与女友分手了，被女友新欢侮辱了，这些代价都还能承受，但亲眼看见别人拥有理想酒窖，能飞往世界各地品尝佳肴，这种生活对自己却像梦一样遥远，不由得心灰意冷。

在我自暴自弃又自恋一会儿后，给雪莉发去短信，让她给我制定一个特种兵般残酷严厉的健身方案，我要重新投入训练。目的只有一个，提前打造一个适应美食狂吃喝的坚固身体，为了挣到更多钱后能更好地吃喝。

1 Prego餐厅：坐落在北京金融街威斯汀酒店的一家意大利餐厅，属于比较商务性的意餐。

2 莎当妮白葡萄：莎当妮（CHARDONNAY）是酿酒用的名贵白葡萄品种之一，如果说赤霞珠是葡萄酒之王，那莎当妮一定是葡萄酒之后，更可以说是白葡萄酒的代名词。莎当妮葡萄对各类土壤气候适应力很强，同气候的产区和不同酒龄的莎当妮有不同风格，另外，莎当妮是少数可储藏的白葡萄品种，酒劲有力，口感浓郁而爽口。

3 勃艮第红酒：产自法国勃艮第地区，当地叫Bourgogne，是世界上最著名的酒产地之一，此地主要种植世界上最变化无常的黑比诺葡萄，还有少部分种植酿造博若莱德嘉美葡萄，另外这里还生长酿造白葡萄酒的查顿内葡萄，这个地区的土壤、气候和葡萄品种像施了魔法一样结合在一起。上面提到的Corton（科顿）、Richebourg（里奇伯格）、Romanee St.Viant（罗曼–尼–圣维旺）、Mazis-Chambertin（马兹–香波第）都是勃艮第地区有名的红酒品牌。

4 Barbera D'Alba：中文称为巴伯拉–得阿尔巴，是意大利最受欢迎的日常红酒巴伯拉中的一个品牌红酒，这种酒的特色是酸樱桃口味和清澈透明的液体，是日常餐酒；Barolo Brunate和Barolo Villero，中文分别称为巴罗洛–布鲁纳特和巴罗洛–维莱洛，是全意大利的名酒之一，含糖量少、口感强劲，需经过多年陈化才能饮用；Barbaresco Robaja，又名巴巴莱斯科–拉巴亚，是巴巴莱斯科类红酒的一个有名牌子，与巴罗洛同样有名，也是需多年陈化才能饮用。

5 Cuvee Alexandre：中文称为居维–亚历山大，是智力产的一种墨尔乐红酒；Don Mclchor，又名顿–麦克切尔，是智利产的一种中高档红酒；Funs Terrae，又名菲尼斯特勒，是智利一种日常葡萄酒，然名气非常高，是近几年智力红酒中最值得收藏的红酒之一。

6 里奥哈红酒：西班牙的一种用产地命名的红酒，产区坐落在西班牙中部，此类酒的最大特征是明显香草味，口感细腻，Vina Tondonia（维纳-托恩多尼亚）就是有名的品牌之一。

7 Pesquera：中文称为佩斯盖拉，是位于里奥与马德里之间的新兴酒产区杜罗河里里贝拉内的阿莱让得罗-费尔南德斯酒厂推出的酒，这种酒由坦普拉尼罗葡萄酿制，口感醇厚，柔和顺滑，芳香浓烈，有轻微橡木香气。

8 Buzz酒吧：北京金融街威斯汀酒店一楼的一家时髦酒吧。

9 品乐红酒：品乐（Pinotage）是南非的开普之花（Fleur du Cap）酒厂（也称好望角酒厂）产的一款酒，此酒口感适中偏厚重，初闻散发着樱桃、成熟李子及香草馨香。

美食狂记事十一
友谊地久天长团圆汤

我唐德觉得，友情就像一锅随意投入蔬菜、肉食和水后炖的汤，无法确切分辨它是否真适合胃口，一个人待着时可能会很喜欢慢慢品味它，但几个人一块热闹时又觉得它的味道过于复杂让人累神。

在我生日这天，耐着性子烹出的一锅地久天长大团圆汤，可最终没一个人能品尝到……为此我非常失落，希望有一天这款汤能重见天日，懂得品美味的人会欣赏它的。

材料：

任意鱼丸六至八枚

熟鹌鹑蛋五枚

芋头四枚

鲜花生两碟

豌豆一碟

豆制品适量

香菇六或七枚

香芹一根

罐装凤尾鱼两条

干辣椒三个

红酒醋一碟

面粉适量

黄油适量

盐适量

香油适量

鸡精适量

葱蒜姜适量

香叶适量

制作方法：

步骤1：制作面粒。用盐、些许黄油和冷水将面搅拌成干絮状，揉搓成黄豆大的小面团，应先把面絮捏紧变成实心后再揉搓，这样在烹制中就不易散开。

步骤2：锅内加入水，放入盐、红酒醋、葱姜蒜末、干辣椒、香叶和切碎末的凤尾鱼，大火烧滚腾后改中火，加入鱼丸、芋头块、花生、豌豆、香菇粒和香芹段，炖到鱼丸七成熟。

步骤3：先改为小火，然后放入鹌鹑蛋、豆制品和步骤1中制作的小面团，炖五至八分钟后，如果喜欢汤汁浓稠些的，可以勾入些水淀粉，或撒入奶酪粒进行调和。

步骤4：关火前，撒入鸡精并淋上香油，盖上锅盖焖五分钟，别有一番风味的团圆汤就可以喝啦。

十五　番茄、番茄

　　人过三十岁还没结婚，最不想见的人便是爸妈。如果恰好此阶段感情空白，一个整洁的家将会降低被唠叨至发狂的可能性。接到老爸顺道来看我的电话后，我找来四个家政同时收拾房间。一个半小时后，他们离开，我立刻着手打理自己：洗澡和刮胡子是必须的，一个好发型和一件好衬衣能衬托好气色，还有磨削圆滑的指甲和上油的皮鞋，会让他们舒心的认为我能照顾好自己。

　　可以这么说，父母来访比女朋友来访更让人疲惫，后者带来的是身体的累，而前者带给你的将是身心的双重劳累。

　　我打开门，本以为是老爸，谁知是阿肯老婆张凯娜。她在门外上下打量我，"啊，唐德，打扮的真帅呀，你这是要和谁约会去?"

　　我立刻警惕起来，努力地想着怎么应付她，先把她请进屋，然后送上茶水。她接过又放回桌子，"你气色不错啊!"

我小心翼翼地谢过她的夸奖。她四处扫视下房间，皱着眉将我不小心踢倒的垃圾桶扶正，"唐德，说说阿肯的事吧，"顿一下后又说，"我都知道了。"

张凯娜这是用心理威胁法诱导我，老爸以前就常这么对我。

我早有对策！先装出疑惑的样子，"你指的是什么事儿？我不明白。"接着轻微摇头，皱起眉头，装出亲切而又迷糊的样子，"嫂子，阿肯是不是欺负你了？回头我修理他。"

她盯着我，"我可以接受现实，你告诉我真相吧！"

我用无比坚定的眼神直看着她，"究竟发生什么事儿了？"

"你真想让我说出来？"

我淡定地喝口茶。

她吸一口气，"你和阿肯是不是玩断背？"

我扑地把茶水喷出来，正好对着她的脸，连忙放下茶杯，哭笑不得地抽出面纸帮她擦，"对不起，对不起，哈哈，你怎么会这么想？"我笑得直不起腰。

她打开我的手，自己抽出一张面纸擦掉额头上的茶叶，"这段时间阿肯总说住在你这儿，你俩一直以来又很亲密，难免会有些不可告人的秘密，非常高兴不是我猜测的那样，是我多疑，你没说谎！"

"你怎么知道我没有说谎？"

"你条件反射时的眼神和表情及动作，都说明你真的认为这个问题很可笑。"

我稳定住情绪，"嫂子，你怎么会有这样的想法啊，阿肯和我，绝不可能！"

张凯娜斜起脖子看我，"唐德，我很肯定喷出茶水前你在说谎，想必我怎么问你也不会告诉我，"她上下打量我，"听说戴安安终究还是甩了你，别太难过，她那样的女孩眼光都特高！"

她临走前还讽刺我。女人真可怕，做心理医生的女人更可怕。

送张凯娜到门外，电梯上来后，我看到穿着一身正装的老爸从电梯内走出来，大概是来北京参加什么心理纠正健康的会议。

张凯娜只见过我老爸几面，再加上她心情不佳，冷冷地与我老爸打下招呼，然后就下楼去了。

老爸警惕地看看电梯，我随便找了个理由搪塞过去。他又问我是不是得罪人家，接着饶有意味地瞅着我说你以后要注意点。我老爸的提醒有两个潜台词：第一是她是你哥们儿的女人，尽量不要和她太近乎。第二，纵使对方不是你哥们儿的女人，看人家走时气势汹汹的样子也猜得出你没做好事。

迎接老爷子到房间，他从包里拿出一个纸盒递给我，"你慧姨亲自种的番茄，听说你是个大美食家，特会吃，托我带给你的。"他瞅着我，古怪的语气让人很不舒服。

我接过，打开盒子，里面共有四个番茄，每个番茄下都垫着柔软老黄纸。番茄是我的最爱，用锋利的薄片刀将番茄切丁，看着艳丽的汁液流出来食欲顿时大开，脑子里就只剩有快乐因子。真不明白最初这种果实为何被定义为毒药，假如我处在当时时代，一定会无法拒绝，宁可毒死也要吃上几口。

与番茄相配的最好是豆腐。当我将切好的番茄装盘，拿起刀将豆腐切成片，这与切番茄的感觉完全不同，前一种是略带征服感的施暴，后一种是毫无强势的自由顺服。这种区别就像我和老爸的关系，他的意识里我天生就该服从命令，一旦我反抗或打游击，他就用对待精神病人的专业态度找我"谈心"，直到我被逼的发疯求饶。唯一能让老爸态度变好的就是我自愿放弃挣扎，服服帖帖地听他教导，对他提出的诸如想想你老妈的在天之灵之类的问题，给出一个违心却能让他满意的答案。

正因豆腐的服帖和乐于接受的本质，想要让它变得坚强，用橄榄油煎制两面金黄。接着还要好好锻炼它，让它主动迎接各种打击，将煎制后逐渐有骨气的豆腐放入用番茄颗粒、葱粒、白砂糖、鲜汤及少量香槟酒酿的汁液中，当它从静止到咕嘟咕嘟地随汤汁跳跃，散发出诱人的酸甜香气，一块豆腐的修炼就基本成功了。目前我的修炼也算基本成功，我已勇于接受随时被刀斩命运。

趁着情绪高涨，多做几个提高食欲的汤和菜。从储食间拿出一条干黄花鱼，配上萝卜、香芹和普宁豆酱做了煎煮黄花。我又用冰箱内剩余的扬州炒饭，搓成果仁大小的球，与用黄油煎的鸡蛋和面包屑一同放入洋葱、蒜头、丁香、辣椒、红糖及番红花条熬制的汤中，做了一道意大利风味的调味汤。

将所有菜端上桌子时，老爸正好正在看电视。最后取出一碟他喜欢吃的四川海会寺白菜腐乳¹放到桌上。他走过来坐在餐桌前。待我坐下，看着他紧绷的脸，爆满的兴奋状态也随即降落。

我俩开始闷头吃饭，我从小就讨厌这种气氛，每当与他单独相处，处心积虑地想对他好点，他却甩出一张扑克脸，对我做的菜不夸奖也罢，起码开口说句话呀。他是那种遵守吃饭就是吃饭、不能开口说话的人，绝对的法西斯主义者。

在我老妈离世后，我对他的崇拜消失，我们之间似乎就只剩下借钱和被借钱、被打击和打击这两层关系。

大约五分钟左右，老爸放下筷子，"和你说点事。"

他一本正经的样子让我紧张兮兮，"唐德，我找到个对象，准备下个月底把证领了。"

他的声调平平淡淡，对我而言，这像一个惊天大雷，几乎将我击昏。我和戴安安刚分手，前几天她还找人羞辱我，我几乎被气瘫在沙发上，而我老爸呢，却跑几百里路和我郑重地谈他的再婚，这让我很难接受。

"嗯，啊，爸，恭喜恭喜，真为你高兴，恭祝你美满幸福，长长久久，恩爱相守，白头到老，安享晚年……"我慌慌张张地祝福他。

老爸打断我，"听你的意思好像不同意？"

"没，我绝没这个意思！"

我很熟悉他这种充满疑惑的表情，老爸从事心理研究工作一辈子，整日和那些精神病患者打交道，喜欢带着职业习惯生活，并时常用到我身上。事实上，听到这个消息后我是很慌张，但是真心祝福。

我连忙解释，"刚才我太激动，没反应过来，您老应有个伴，我非常希望有个人照顾你。"

老爸又说，"我一直没想过再婚，就是上个月中旬睡午觉，梦到你妈，她说我该找个伴，醒来后想想，你妈说的也对，儿子没找到老婆那是他没本事，总不能等儿子结婚后才去考虑自己吧，万一你也和雷蒙一样，那我进棺材前就别想再娶了！"

冷静，精明，客观，恰如时机地举出实例，这就是老爸的性格。对我这个让他一而再，再而三失望的儿子，他沉静的关怀逐渐变得客客气气，最终发展到现在的情景：总是站在那个高高远远的地方，坐在一张国王椅上，聆听并发问，还不时地用几个虚伪的装饰词语讽刺我。

我装出轻松的口气转开话题，"爸，我的意思很明显，支持你！你们什么时间办？"

这招果然成功！老爸竟不好意思地笑起来，"七月七这天怎么样？"

我突然想起另外一件事，于是问老爸，"那个……张阿姨还好吧？"

"哦，你张阿姨啊，两个月前去美国探儿子了。"

"她知不知道你准备结婚的事？"

"不知道啊，怎么了？不用那么麻烦，我们简办，两家儿女一块吃顿饭，外人一概不请！"

"我的意思是应该告诉张阿姨啊，毕竟你和她有过一腿嘛……"说到这儿，我自己都不好意思起来。

听我挑破他的丑事后，他将筷子摔到我头上，指着我浑身发抖，"你……你！"

他转身抓起衣服和提包，拉开门就走。

我追着他出去，"爸，你听我解释，我也是瞎猜的，嗯，你还记得前年我连夜回家，看到你和张阿姨在客厅跳华尔兹的事吗？我感觉你……"

他立马拿起衣服朝我身上抽打。从老爸尴尬到极度愤怒，我终于弄清楚，或许那晚他真有那样念头，但被我搅黄了。他从小教育我看到别人犯错，要立即帮人指出，最好的方式就是直接告诉他。我做错了吗？

我抢按下关门键，"爸，我不是那意思，这不是怕你犯错吗？要是真那样的话，张阿姨再一哭一闹，你晚节不保啊……"

我一直以为老爸是个观念挺新潮的人，他严肃并不严厉，当别的家长教育孩子不要谈恋爱，他却在我初中升高中时给我释放令，只是羞涩和矜持的我没追过一个女孩，拿到大学通知书那晚，他还在半醉间取笑我没本事，高中三年没交过女朋友。遇到今天这种情况就没琢磨确切词眼，谁知他的开放观念仅仅针对我，绝非自个儿。

"我和你张阿姨什么关系都没有，就是舞伴！"他走出电梯，从语气里能听出来，他依然很愤怒，只是碍于在大街上发火丢人，压低声音。

"爸，对不起，我不该把你老想的那么……花心。"

又说错话？可除了用这个形容词还能用什么啊？

"我赶晚车回去。"他看也不看我一眼。

如果让他坐晚车回去，这辈子就别想再借到一分钱了，我连忙说，"爸，晚上我俩去喝一杯吧，那地方特棒，说不定还有二十五年的老花雕呢。"

他没说话，老黄酒对他的吸引力还是很有作用的，"爸，自从我妈离开后，我俩几乎没好好说过话，我今天有特多话想和你说，"我拦下出租车，拉开车门，将他朝车里推，"那个地方真的不错！"

他摇摇头，叹口气，很不情愿地钻进车内。

有十几秒我俩都没说话，还是他先开口，"你和戴安安准备什么时间结婚？"

这是我最不想谈的话题，不过总比谈我的分手事件更让我安心，"也就这两年吧，我们还年轻，还想再享受几年自由。"

"你们年轻人为什么总认为结婚就失去自由？"

"因为事实就是那样嘛，两个人整天面对面，总有一天会厌烦，"我怕让他以为我话里有话，连忙补充说，"年轻人都这心态！"

他思考一会儿，"嗯，要不你们先要个孩子？"

这就是我那开放的老爸，他说的话绝对新潮，但实际上他做的事却又绝对固执守旧。

"太早了吧！"

"不早了，你们这个年龄在我们那会儿小孩都上学了。"

我想中止谈话，可看来是不行了。接着他给我说起如果我和戴安安先有小孩的益处，有两点他分析的挺正确，首先我依然能保持自由，其次我一辈子都会有个老婆。

老爸突然提议，"唐德，你喊上戴安安一块去吧。"

我连忙推辞说这是男人聚会，她一个女人参加不好。老爸却认为自己好不容易来看我，我和戴安安都应该出现，另外他真的想见见戴安安。我只好硬着头皮拨打戴安安手机。

连拨三次仍未接听，我对老爸说："打不通，我看还是别叫她了。"

老爸拿出自己的手机拨过去，响过四五声后竟然接通了。老爸和戴安安的对话很简单，就是让她和我们爷儿俩一块碰个面，我本以为她会找借口拒绝，谁知犹豫片刻后她却答应下来！

随后她给我发来条短信：你太无耻了，我不接听也没有必要让你爸接着打吧，你是不是没告诉他我俩分手了？

我想告诉她这根本是老头子自作主张，可觉得没必要解释，于是回复：想想你还放在我家的东西，如果你想拿走完整物件，请你今晚做一个明智的人。

很快她给我回复：你真无耻！给我说下地址。

我将地址发给她。她没再给我回信，我也没再发送别的威胁话。既然她刚才接通电话后能够不计前嫌地假扮前男友的女友，今晚我也会尽量做个优秀的有品质的绅士。

XIU俱乐部[2]的红酒吧，我拉着他在喝了杯House wine后又转到露台上，老爸很快喜欢上这里的夜景。

戴安安很快也出现在露台。说实话，戴安安今晚看起来简直……太保守。灰色针织裙装，头发挽在脑后，鼻梁上还架着副大黑框眼镜，惹得身边有几个狂野女郎对她侧目相看。不过我老爸挺满意，从他表情上看得出来。

她和我老爸寒暄后，我装作很亲密的样子拉上她的手坐下来，还很体贴地询问她喝什么。我再次看到老爸瞅着戴安安的眼神。

我和戴安安交往的八年内与老爸吃过几次饭，但绝不如这次的效果那么好。有环境、有气氛、有酒水，又充满诱惑，加上戴安安的精彩演技，给我老爸留下的印象绝对上佳。

趁老爸不注意，我附在戴安安耳朵上说，"嘿，你今天扮演谁？丑女贝蒂还是丑女无敌？"

她小声回敬我，"你绝对不是贝蒂和无敌身边的那个大帅哥！"说完她装出被什么笑话逗的挺开心的样子。

老爸看到后，也跟着她傻笑起来，以为我们决定下什么事，还和我俩碰杯。随后他起身去洗手间。

我趁机羞辱她，"下次我送你副牙套吧。"

她的脸立刻冷冰冰起来，轻蔑地看我一眼，"一点都不好笑，而且你很无耻。"

她越是这样我就越想招惹她。

"你现在究竟和你的'狗狗'交往，还是与那个贾明斯交往，或者两个同时来？"

"要你管?!"她将身体移的离我远点。

"佩服。"说着我举起杯，"我对上次的视频事件向你道歉。"

她没看我，自个儿将眼镜取下，捏了捏鼻骨，"唐德，我也对曾经带给你的伤害感到抱歉！"她又将眼镜戴上，"但如果你再敢嘲笑我，我就当面告诉伯父我俩掰啦。"

"你——"我半天回不过神，"你狠！"

"放心吧，尽管分手了，我们还是朋友，毕竟彼此知根知底。"

我咬着牙回答，"当然！我们是朋友。"你戴安安有两个情人的事我都知道了，还铁证如山。

"我们最好快点结束，"她又说，"我今晚还有别的约会。"

我整个人被气得透不出气。

"你有能耐在半个小时内让这件事结束吗?"她看着我的脸说。

"绝对没问题。"我咬着牙尽量将每个字都吐清楚。

老爸很快返回来。我给老爸要支哈瓦那雪茄，还有一杯加些许冰块的百家得白朗姆酒³。我和戴安安现在都没心情，于是各自喝着手里的酒水。

老爸抽上口雪茄后，我立刻将朗姆酒推到他面前。

"爸，抽雪茄喝朗姆酒，人生最大享受!"

他点头，"那我试试看!"

老爸又抽上一口，缓缓吐出后，来上一口朗姆酒，我亲眼看到他的表情变得既惊讶又兴奋。我朝左侧的戴安安送去一个OK的手势。她竟然笑了。我小声问她笑什么。她反问我:我有笑吗?! 至此开始，直到我老爸喝醉，我就没再搭理她。

这天晚上回去的出租车上，我和八成醉的老爸继续谈他的婚礼。

"爸，你要什么结婚贺礼?"

"你真想送的话，就送钱吧，我们自己买。"

我以为老爸会指定某种贺礼呢，绝对没想到居然让儿子送钱! 我会记在心里，老爸在这种状态下说的一定是大实话。

"没问题!"我又问，"爸，蜜月旅行准备去哪里?"

"还没定呢，你觉得泰国怎么样?"

我好心劝他，"爸，别去泰国! 那里只有人妖，去欧洲的普

罗旺斯怎么样？"

他却严肃起来，"唐德，你这是性别歧视！人妖和我们一样需要被尊重，他们对泰国GDP有着巨大贡献。"

我将身体重重摔在车背上，对正忍着笑的司机露出一个无可奈何的表情。

这时老爸又说，"唐德，我建议你和戴安安的蜜月旅行也去泰国玩，真正见识下人妖，嗯，这有助你更加全面地思考……自己的人生！"说完他打个酒嗝儿。

"我们会考虑的。"我连忙说。

说完后，我突然意识到我刚说的是"我们"，我潜意识地这么称呼戴安安和我，好似我俩还是一个整体没有分手。曾经我们是彼此承诺过要永远做一个整体，深深相爱过，可最终谁也没兑现承诺。我们彼此会因违背诺言强迫自己一直单身吗？彼此会为自己没有守信而不再与新欢投入地相爱吗？

从结果看，绝对不是。

1 四川海会寺白菜腐乳：一种包在白菜叶内的麻辣味腐乳，适合当下饭菜。后面提到的浙江绍兴醉方腐乳是花雕酒腌制的腐乳，是蒸制食物的最佳选择。

2 XIU俱乐部：一家提供多项娱乐的新摩登酒吧。

3 百家得白朗姆酒：古巴的一个酒品牌，在天然木桶中酿造使得酒质清爽顺滑，气息香醇芬芳，是雪茄的最佳搭档之一。

番茄与豆腐是每个美食狂都热爱的蔬果和豆制品。我也不例外。每当组合它们,情绪就不由得高涨,内心满是活力。

我很喜欢用锋利的薄片刀将番茄切开,看着艳丽汁液流动,还喜欢利刀切豆腐的征服感,每回制造两种食物"相遇",我就爆发出无限的创造欲望,整个脑袋里就只留下快乐因素。

毋庸置疑,当豆腐遇到番茄,就是味道的最完美组合!

材料：

番茄五个

豆腐半斤

芹菜两根

胡萝卜一根

葱叶两根

冬笋一根

香菇五枚

绵白糖适量

葱末适量

香葱半根

香槟酒少半杯

盐适量

橄榄油适量

麻油适量

制作方法：

步骤1：制作鲜汤。将芹菜段、胡萝卜片、葱段、冬笋片、香菇和十碗水放入汤锅，大火烧滚腾后改中火熬四十分钟。

步骤2：将所有菜都捞出，一款适合多种烹饪风格的鲜汤就制作成功，可以将它放凉，装入密封盒，放入冰箱冷藏或冷冻，使用时取出来即可。

步骤3：将豆腐切成厚约半厘米的片，放入葱姜盐水中焯十秒让其定型，用吸水纸沾干水分。

步骤4：在麻油内煎豆腐片，两面微黄至金黄间的颜色，煎出来的色泽越深，煨的时间则一定相应加长，否则会发硬并不易入味。捞出后稍微用吸油纸吸一下，若喜欢清淡口味的，可省略煎制这个过程，装盘备用。

步骤5：将锅烧热，放入些许橄榄油，放入葱粒并捞出来，将切成小块的番茄炒出酸香味，微微成泥茸后，再放入绵白糖、香槟酒（或果酒）、盐，用小火炒成酱汁，放入两勺步骤1中制作的鲜汤，大火烧滚腾。

步骤6：放入准备好的豆腐，全部浸入酱汤内，用小火煨至汤汁收进豆腐即可。

十六 焦糖

　　所有人都渴望找到一项最适合自己的事业奋斗一生。好的结果是我们在人生开头的前二十年内找到它，并持续为之奋斗到九十岁。坏结果就多了，可能一辈子也没找到，最糟糕的一直在一条相反的道路上前进。我们都渴望着好结果，只是有太多太多的坏结果存在。

　　金牧老兄约我出来腐败，非常少见。我来到东直门外大街上的"庭竹"餐厅后，令人不懂的事情就出现了。已经傍晚七点，距离我们定好的时间晚了四十分钟，金牧不仅没出现，电话也打不通。

　　服务员给我添了两壶茶水，老板安先生特意送的法式小酥饼和开胃醋腌竹笋早在半小时前就吃光了。安先生对我如此款待，功劳在詹望。去年，他的投资公司引荐几家澳洲红酒品牌在庭竹餐厅举办品酒派对，当时由我主持，所以和老板安先生算是熟人。

　　不过熟人归熟人，他不可能在我没点菜前就先喂饱我。吃饱喝足后，人更容易产生同感并接受影响，这也是为什么那些政客喜欢在饭桌谈判的原因，所谓政治美食学的最奇妙之处。

七点十五分，金牧顶着一只熊猫眼赶到餐厅。出门前他老婆让他去机场接人，他拒绝后被老婆从厨房扔出的一颗茄子砸伤眼睛。我对金牧深表同情，内心也有那么一点点如释重负，庆幸自己没有被这样一桩婚姻包袱压着。

看着金牧的惨烈状态，我不忍点太贵的菜肴让他心疼，就点了些好吃且不昂贵的用蘑菇、圣女果罐头、红葱和欧芹及鸡腿做的拿破仑炖鸡，特别适合内心受伤想大口吃肉苛求健康的人；还有罗勒豌豆蔬菜汤及用中国芹菜配莴苣、西红柿、鸡蛋白及鲅鱼肉做的美斯沙拉，中国的绿红清白配以法式凉拌酱，非常地道的Fusion风格。金牧又要了撒满奶酪条和蒜粒的西红柿比萨和西红柿洋葱烩鲈鱼，还要了一瓶法国布鲁利产的二〇〇三年薄若莱。我心里不禁一颤，这顿饭已经过千，看来老友今天心情的确不爽，准备大破戒。

我俩酒足饭饱后，安先生亲自送来两份五味甜豆朗姆酒慕斯，这是用红酒酿制五豆后配上朗姆酒奶油做成的慕斯，能让血液糖分升高一格的极致美味甜点。

安先生右手端着紫砂壶，在我右侧坐下来，"唐德，有兴趣做餐厅吗？"

"还真没想过。"我如实回答。喜欢在厨房发挥创意和进入餐饮业打拼，可是相差十万八千里的两种职业。

安先生将紫砂壶放到桌子上，"直说吧，我申请了美国移民，大概十月份左右离开，唯一放不下的就是这家餐厅，你有没有兴趣接手？"

"啊？!"我大吃一惊，连忙说，"还真没想过，对餐饮业，我只懂点皮毛，真深入这个行业的话，可没这个经验。"

"餐厅经营嘛，谁会一开始就熟悉？都是慢慢来，其实综合一下呢，你优势还挺大，深知饮食之道，而且又创意多，同时又会设计菜式，组织能力又不错，除没管理经验外，其他方面你都具备，我相信自己的眼光，嗯，你们觉得如今每个餐厅都说自己很有特色，可为什么只有少数餐厅会名扬全城呢？"安先生看着我问。

"经营的好呗！"金牧停下吃，插话。

"这只是其一，并不是最重要的，经营并不难学。"安先生又问我，"唐德，你觉得呢？"

"是食物！"

"对！一家餐厅想要经营成功，宣传是很重要，不过最重要的还是食物，食物好坏决定在餐厅掌舵者厨师手中，如果失去一个好厨师，多数餐厅都会走下坡路。经营和厨师就好比花盆和花，花盆是让餐厅内一切物件和人就绪，花才是吸引顾客流连忘返的关键。"说完安先生看着我，等待我的回应。

说实话我有点心动，早几年我有过开餐厅的念头，甚至还列出一个详细计划，可伴随着戴安安引发的一场卧室火灾，那个宝贵笔记本被烧掉了。认真想想，经营可以聘请人，厨师也可聘请，我只需要做个指引方向的决策者，可我又有点害怕，若转行失败，绝没后悔药吃。

"我还算不上花，连花骨朵还没结呢！"我佯装轻松的口气，

终究还是信心不足。

安先生悠闲地喝口茶，润下嗓子，"唐德，想结花骨朵要开花的人，并不一定能成功，主要这太需要天分，需要一个人真正热爱并懂得食物，你也知道我这'庭竹'在北京也算小有名气，有非常多的老顾客，我绝不会让老顾客某天来后却发现这里变成东北菜馆或川菜火锅店！这是我情愿关闭餐厅也不会随便转让的根本原因。"

说着他递过来一张名片，"如果有兴趣的话打给我，你是我的首要人选！"

安先生起身迈着小步悠悠离开，还不时地和熟客打着招呼。有那么恍惚的错觉，我看到自己变成安先生，正在和餐厅的客人们交流新推出菜肴的味道如何。

金牧在我眼前晃了晃手，"唐德，唐德。"

我回过神，"嗯！"

他将酒杯递给我，"经营一家餐厅啊！再没比这样的事儿更适合你，你不觉得这正是你这辈子的最终归属？"

"我只是觉得这不是我的特长。"

"那什么是你的特长？"

"品菜啊，拍菜啊，写菜啊，烹菜啊，反正不是经营餐厅。"我说出的话连自己都不舒服，就像我长两条腿却非要说自己爬着走似的，"我现在没心思放在这个上面。"

"那你的心思在哪里？"

晚上回到家，懒得动，懒得深长呼吸，我思考未来，除写写餐评和设计几道菜肴外，我还能干哪些可以赚大钱的事儿呢？墨菲定律说如果担心某种情况发生，那么它就更有可能发生。事实上，的确如此，我越思考就越心惊戴安安曾说过我没有确切的人生目标和理想。又过几分钟，我已经开始肯定自己已经浪费掉三分之一的大好人生，并预见出我的未来日子，在没有事业、没有钱、没有性生活的情况下，只能一个人宅在家，窝在沙发上想着自己为之奋斗的事业是不是个狗屁瞎想。这种情景模拟让我无比抓狂。

　　我要及时刹住这辆正向悲哀深渊滑落的幻想之车。从屁股底下抽出本《一万种你爱的情调》，我随便翻开一页，这页谈论的是最佳调情地点。

美食狂记事十三
木瓜排骨汤

女人都渴望拥有美丽容颜，包括我们一向自信的冷美女戴安安，她曾用一场厨房"运动"交换我来做木瓜排骨汤喝。

说实话，这款汤究竟是否能升级罩杯是个未知数，然有益身体却无可厚非，木瓜配排骨，能最大可能的帮助人体吸收排骨内的蛋白质，是非常滋补的一款汤。

对于想食补的女士，不妨尝试一下哦。

材料：

排骨六或七块
木瓜半个
大枣五枚
枸杞二十粒
五香料一小碟
白葡萄酒适量
料酒适量
盐适量
葱姜段适量

制作方法：

步骤1：先将排骨洗净切成段，放入烧滚的加入五香料（八角、桂皮、丁香、花椒、砂仁）、料酒、白葡萄酒、盐、葱姜段的水中，煮至五成熟，放入热水中洗去浮沫。

步骤2：将大枣、枸杞用温水浸泡舒展；将木瓜切成块，尽量要未熟透的木瓜，青木瓜最佳。

步骤3：取一个沙锅，注入五杯热水，放入排骨、切成块的木瓜、大枣、枸杞，用小火炖五至八分钟后，盖上锅盖焖上二十分钟，带给一室甜丝丝香气的汤就完工喽。

十七 分手迷心酒

　　根据印度的古老习俗，年长的妇人会用浸上蜂蜜的右手食指在新生儿的舌头上写下"OM"，即"我是"的意思。用蜂蜜来开启一个生命，让孩子明白，在以后的人生路上，会面临各种困难和悲伤，当某条路行不通时，想想人生里的第一口甜。多么美好的愿望啊！只是长大后，我们不得不面对一个残酷但普遍的真理，这辈子要吃的苦远远超过能得到的甜。

　　当戴安安打来电话搬东西时，我嘴巴里立刻涌现出一种融合苦、辣、涩的味道。特别是门铃响起后，这种味道更强烈。我快速把沙发靠垫摆放整齐，把茶桌下的橘子皮踢到沙发底下，边擦汗边向门口走去。

　　戴安安站在门外，看起来迷人极了。脚上穿双红色高跟鞋，上身穿件红色无肩窄腰裙，还化了精致的妆，看起来喜气洋洋。

　　"嗨，戴安安，好啊，你看起来很……很特别！"

　　她打量我，"嗯，谢谢，你看起来也很……干净！"她说的是反话，三十秒钟前，我正穿着一星期未洗的脏牛仔裤打扫房间。

"怎么，不邀请我进入？"她饶有兴趣地笑着，好似平常商务交流会上两个初遇的人。

"热烈欢迎！"我闪开身子，让她进来。

"哦，差点忘了，这是房钥匙。"她将一把钥匙递给我，"以后被偷被盗可和我没关系了哟！"

"你说的什么话呀！"我给她一个通情达理的冷笑，依照你的脾气，偷？盗？绝对不可能！一把火烧掉，这才是你。

我让她随便坐，然后去厨房弄喝的。打开冰箱看到一罐蜜饯，突然冒出惩罚她一番的想法。戴安安最讨厌的食物分别是蜜饯和丁香，今天就让她不知不觉地吃下去。决定创造一杯让嗅觉失灵的迷心鸡尾酒献给戴安安，让她好好享受一番。

戴安安站在客厅内，正四处打量，为避免她突然闯进厨房，我建议她先整理书房内的书，她爽快地答应。接着我又返回厨房，用一瓶西班牙阿肯德玫瑰红葡萄酒倒入PEDRINI不锈钢小奶锅[1]内，然后撒入一小把丁香和一大把陈皮，接着又倒入半瓶蜜饯，大火快速烧沸腾后改为微火煮。

我掩好厨房门，来到书房。戴安安正把一本书扔在地上，我看到书名《厨师机密》，连忙从地上捡起来，"这是我的书！"

"是吗？"她怀疑地看我一眼，"可是上面写着我的名呢！"

我打开书，前页上有我写的"给戴安安"的字迹，日期是四年前，我很快记起来。一次戴安安指着正在主持节目的安东尼伯金顿，说喜欢他，第二天我就送了她这本书，不过我清晰地记得她翻了几页后就丢开。

"你根本不喜欢这本书，你说说书里写的大致内容！"

她非常无耻地笑着说，"唐德，你可以耍赖说其他书是你

的，但这本书就是告到法庭也属于我！"

随后她补充一句，"无论我喜欢还是不喜欢，都是我的！"

我将书丢到地上，不想和她继续争执，我一本本地翻看她挑出来要带走的书，最后从里面拣出《半饱》，"这本书应该是我的。"

她盯着书思考一下，"当时是我付款的！"

"我后来把钱还你了！"

她露出无辜的表情，"抱歉，我不记得了。"

我愤怒，"你根本不喜欢下厨，你要这本书干吗？"

她耸肩，"说不定我以后突然喜欢上了呢？"

我重重吐口气，冲她摆摆手，竭力拿出心平气和的声音，"戴安安，我不想和你这样吵下去，你想要什么就拿吧，全部拿走都行。"

她也放低姿态，"抱歉，我没控制好情绪……"

我挥手打断她，"我俩关系都到这种地步了，还有什么不能说的？你想骂就骂，想打就打，随你，我绝不顶嘴不还手，行了吧？"

她几秒钟后竟呜呜哭起来，"这不是我想要的结局！"

"这也不是我想要的，可你觉得原因在谁呢？"

"是你逼得我没法一起生活！"她冲我大喊。

看她样子，如果我站的稍近一些，她就会冲过来扯我的头发。

我看着她，把那句"咱俩半斤八两，彼此彼此"的刻薄话咽进肚子，再争吵下去也没什么意思，更不是我所希望的，我装出好好先生的语气，"听着，你接着挑属于你的书，我去把你买的家居都标上记号。"

我开始给家居分类贴条。花瓶是她的，沙发靠垫是她的，盆栽是她的，墙上的版画是她的，我刚藏起的那套KAHLA茶具[2]也是她的。接着是卧室用品，台灯罩，两套床上用品，一个鹅毛枕头和一些宜家衣架及遗忘在角落的几双丝袜。

最后我来到厨房关掉火，炖锅上的水雾中隐约地还有着一丝丁香气息，我随手从酒柜内拿出溢着芳香气味的Zacapa朗姆酒[3]，加入半杯后搅拌均匀，这股新加入的微微甘冽、冲鼻的烈酒终于掩盖住丁香味，过滤掉蜜饯和香料粒，将汤倒进了长嘴凉水壶，放进冰箱。

打开几个橱柜，看着里面的碗具、盘子及挂着的酒杯和锅具，除了上次被戴安安砸碎砸坏的厨具，这些剩下来的厨具都是我的，当然其中也有十几件是戴安安的，但都被我隐藏在不易找到的地方，像木盒子后面、窗台下纸袋内、蔬菜袋和装进茶壶或锅内。

为了彰显我是个值得信赖的人，我狠着心将她大哥送我的一瓶十几年老黄酒拿出来贴上她的标签，这种感觉很痛，像清晰地看到自个儿被人砍了一刀。最后我将一些记不得是谁买的汤勺、奶勺、蛋糕模具、叉子、铲子找出来，将冰箱后的那本纸张能当香料用的香书拿出来，全部贴上她的标签。

"你真神速啊，分的真够清晰，省了我不少力气。"她突然出现在我身后，把我吓一跳。

还好我没做鬼祟行为。"这些也是你的。"我指指贴上标签

的物品。

她扫一眼，"都是些破烂货啊！我买的那套非洲乌木筷在哪里？还有那把意大利什么牌子的擦丝器和削皮刀呢？"

我装糊涂，"说的是哪把？我大概是弄混了，我有好几把刀都是意大利产，你指的是哪个牌子？"

我故意刁难，逼她说品牌名字，看她嘴巴张几下也没出声的模样，我心里很是舒畅。接着我很大方地将她说的物品从架子上取下，贴上她的标签。

"还有别的吗？"

她四处打量厨房，甚至还俯身环看。最后从冰箱顶上摸到一把剥蒜器，"这个是我的吧？"

说实话我很佩服她的福尔摩斯精神，于是将标签递给她，"你自个儿贴吧。"

接着她又四处翻腾，甚至还查看了窗台上的花盆，"我那个从日本带回来的九谷烧彩绘鱼盘⁴呢？"她扭头问我。

我连忙摇头，"我不知道！"

看她盯紧我，弄得我心里不由得慌乱，那是有日本景德镇称的九谷县生产的厨具，在国内几乎买不到，我看它那么漂亮就藏进汤锅内。

听她锲而不舍地追问，我故作镇定地咳嗽下，"让我想想，你说的是一个彩色鱼盘吗？就是你上次用来盛捅破鱼胆的炸鱼盘？"

她很用力地点点头。

我用身子堵着她的视线，俯身打开柜子从一个大汤锅内拿出盘子，然后递给她。她笑着接过，发出鄙夷声。

我不想太尴尬，连忙找出一个话题，"我新发明了一款鸡尾酒，你要不要尝尝?"

她点头，"好!"

从冰箱内拿出两个置凉的马天尼酒杯，我将酒装进去，还切了个柠檬片做装饰，然后递给她。

她嗅一下，疑惑地看我一眼，好似已经猜到酒里面有什么毒药，她又嗅一次，接着皱着眉头抬眼看我，想从我脸上找点破绽。我面无表情地移开视线，眼的余光看到她小喝一口，"嘿，味道真不错!"

"是吗?"我也给自己倒上一杯，然后与她碰杯，"让我们一同和过去说拜拜，干了这杯!"

我一口喝尽。

她将酒杯举过额头，透过光线打量着，想瞧出点什么，"色泽真好看!"

瞧着她的滑稽模样，我实在憋不住大笑。

她脸一红，仰头将酒杯喝个底朝天，冲我晃晃酒杯，"挺好喝的!"

戴安安永远不会知道，自己刚才喝下去的那杯酒内有着她最讨厌吃的丁香和蜜饯，她戴安安永远不会明白，每一种味道都是独一无二的，但将两种味道混合，一种新味道就会诞生。当她的冷酷混合上我的痛苦，这就是我的报复。

"你喜欢就好!"我装出很平和的样子。

"谢谢!"她盯着我一会儿，泪水突然打转，"唐德，一路走到现在，我真不知道一开始究竟是对还是错，无论如何，希望

你能原谅我。"

　　不得不说她是演技派的，能迅速地调出情绪，还差点感动我，但希望我原谅她这句话却暴露出虚情假意，既然伤口已经有了，就不可能消失。我有点疑惑，难道女人都喜欢在男人流血的伤口上撒盐后问疼不疼，愿不愿意让她帮忙挠挠痒，好似她真的很在意答案。

　　我控制不住地冲她嚷嚷，"原谅你？哈，我这辈子都会记得你的好！"

　　她忍住快掉出来的眼泪，移开脑袋，"看来分手是对的！"

　　"绝对正确！"

　　一个小时后，戴安安终于要从我生活里消失了。

　　当搬运工将最后一批箱子搬进电梯，戴安安刚挤进去，电梯狂叫起来，她只好退出来，谁知鞋跟却卡在电梯门的轨道内，要不是其中一个搬运工手快拉她一把，她一定会跌倒。

　　看到她出丑的样子，我逮住这个难得机会嘲讽她，"戴安安，你是不是胖了？"她咬着牙，斜瞪我一眼。

　　我适可而止，"嗯，戴安安，我写的那些信你都收到了吗？"

　　"全收到了！你写得真是太感人了，我感动得都哭了！"她冷冷地说。

　　"你要我中止写吗？"

　　她看向电梯，有点急躁，也有点不可耐烦，"这关我什么事儿！"

　　"我是言而有信的人，既然我说写，就会一直写下去，直到烦死你，除非你说'我受够了，停止吧，我一直错怪你。'我才会搁笔……"

她看着我，忽然哈哈大笑起来，"你肚子里有几条蛔虫我还不知道吗？我知道你想听什么……既然你是个言而有信的人，那就继续写吧，别让我失望啊，我很乐意回顾下过去的那些甜蜜，没准哪天一高兴还会给你回信呢，另外，"她很奸诈的笑，"请你以后注意错别字！"她一字一句地说。

我搬起石头砸自己的脚，简直将脸丢到老家，我强装出若无其事的口气，"好吧，那恕我不送！"

狠狠甩上房门，一阵阵恼怒袭上心头。

1 PEDRINI不锈钢奶锅：意大利专业生产厨房用具的生产商，既设计感十足又很实用。

2 KAHLA茶具：德国著名瓷器品牌，茶具轻巧又很厚实。

3 Zacapa朗姆酒：产自中美洲危地马拉，使用海拔八千英尺高山上的当地顶级甘蔗酿造，具有丰郁的香气和柔顺的口感，色泽类似干邑白兰地，是款调酒、入菜和纯饮皆上品的酒。

4 九谷烧彩绘鱼盘：日本知名瓷器品牌，产品鲜艳、朴实又深具趣味，有日本景泰蓝之称。

十八 黄酒小排毒药汤

　　人一辈子总要栽几个跟头。每个人都害怕这一天的发生，并提前做好准备。

　　上午十点就接到阿肯暗号，约我晚饭到故宫东门附近的皇家驿栈¹碰头。以前我常和戴安安来这里吃饭，露台是她最爱的地方。我在这儿还将老妈留下的镂空翡翠镯送给了她，镯子本是姥姥传给老妈，老妈没有女儿就留给我送给她儿媳。如今这情势来看，我只有向在天之灵的老妈磕头认错弄丢传家宝。

　　在去餐厅的途中，我思考着和戴安安是否应该归还彼此送给对方的物品。去年圣诞的骷髅头镶钻吊坠无须要回，我送给她的那瓶俄罗斯鱼子酱不可收回，她送给我的那套大马士革钢厨刀可以收回，我可以收回的应该还有一双破耐克运动鞋、一个她几乎没用过的发卡和一罐水晶圣女果，她不可收回的有一箩筐印度无花果、一小扇鱼翅、一块雪花牛肉和一双石雕筷子。最后我得出一个结论：我俩在送日常物品方面算是扯平了，礼物方面我不欠她也不欠我，至于名贵物品方面，除我老妈的镯子不知如何讨要外，该吃的已吃，其他的都已摔破，皆属不可收回行列。

在露台上看到阿肯，头发不如往常顺溜，眼睛充满血丝，昂贵衬衫像在泥水沟里漂洗过，他的样子让我吃惊又难过。

招呼过后，我俩竟一同相互苦笑起来。

"阿肯，你看起来气色比我好！"我接过服务生递来的菜单。

"半斤八两！"他比我早到该已翻过菜单，"这几天到天堂和地狱都转了圈，经历了这辈子最快乐和最难熬的日子，"他打个哈欠，"我骗张凯娜说去上海参加交流会，其实是陪卢翘翘待了三天，回来后张凯娜看我眼神怪怪的，我想她已经知道，只是没点破。"

我为老友担心，"你确定？"

"嗯，"他连续点头，"其实张凯娜应该早看出苗头，在一个月前翘翘来北京散心，我就陪玩了几天，凯娜似乎偷翻了我的手机。"

"你偷吃怎么还这么不小心啊！"我替他捏把冷汗，突然想起另外一个问题，"你和卢翘翘联系上多久了？"

"三个月了。"

"你真能掖啊！"他这些天陪卢翘翘和我关系不大，不过我很有必要了解下两个老同学的情况，"她现在跟哪儿？"

他犹豫一下说："在亚洲大酒店，"见我吃惊，他连忙解释，"卢翘翘不让我说她的事儿，她觉得影响不好，我也觉得是。"

这真是又吃惊又有趣！与我一块长大的这一男一女两个人，在经历恋爱、分手、各自建立家庭后再次相遇，并再度燃起爱火，看起来这火苗已经酿起大祸。

"你下一步是不是就要轰轰烈烈地打离婚仗了？"

他没说话，低头翻菜单，对服务员指了指几个菜。服务生报出他点的菜名，御品三文鱼，蘑菇鲜虾煎饺子，野菌佛跳墙，及一个叫马可·波罗中国造的甜品。我随口点了熟悉的中药熬制的滋补开胃汤"毒药"，还有看起来吃起来都很精致的香糟醉春鸡和老北京杏仁豆腐，及味道造型都很新颖的皇家小牛排配雪茄馒头，最后甜品要了香芒咖喱甜虾，对于此刻满身晦气的我而言，甜点或许会给我带来好运。服务生推荐陈酿黄酒，阿肯和我现在的身心状况都不是最佳，也品不出什么酒味，于是换成一瓶巴黎水。

放下菜单，我又将刚才的话问了一遍。

阿肯无精打采地看我一眼，"不知道。"

"那卢翘翘的意见呢？"

"她觉得离婚很丢人。"

我想起几年前在卢翘翘结婚前我俩的那次推心置腹的谈话。我告诉她，只要她嫁的那个人不是我铁哥们儿阿肯，她这辈子一定会离婚，而且失去我这个好朋友。她反击说，关你什么事？你这辈子要好好修正下自己的人生路线，否则满脸脓包的女人也不会嫁给你。谈话很平淡的结束，我俩二十年的友谊毁于一旦，谁也不再搭理谁。如今，我和她的预言似乎都在慢慢成真，只是她应该还不知道自己预言也挺准。

"既然知道丢人还和你搞在一起？她没必要教唆你当骗

子吧!"

"这和骗子有什么关系?"

我讲了与卢翘翘那次谈话,"你觉得这是不是正应了墨菲定律?好的开始,未必有好的结果,坏的开始,结果往往会更糟。"突然发觉,墨菲将军真的是个了不起的顿悟哲学家,他的定律对这个世界上所有无可奈何的事预测的都挺准。

他叹口气,"卢翘翘的样子让我很心痛。"

"和她当初越洋电话说要结婚那次相比的话,这次让你更痛吗?"

阿肯有点生气,"唐德,看在和卢翘翘都认识二十多年的分儿上,请你积点口德吧。"

"啊哈!"预测出卢翘翘那段悲剧婚姻的最终,我的确有点过于幸灾乐祸。

他坐直身子低声说,"唐德,我是不是该向老婆交代坦白?"

看来我这老伙计已被新恋情冲昏头脑!当一个男人对老婆说"我出轨了",对女人来说,她的乐趣是把你引入树林,然后猎杀。

"千万别!坦白绝对被严惩。"

"可我很愧疚,而且很累!"

这时我们要的菜陆续上来。我边喝"毒药"边对他讲,"根据我和戴安安相处八年的经验,千万不要告诉对方你偷腥,哪怕她逮到你的尾巴,也要誓死不承认,对女人来说,只要你还对她好,时间能冲淡一切。"

"真的?"阿肯怀疑地看着我,"那对你来讲呢?八年的相处经验的确够长,可结局太没说服力!哦,戴安安在哪儿?戴安安在哪儿？我怎么看不到她。"他装作四处张望。

"我的经验是建立在失败基础上，我和戴安安缘分的结束最主要原因是她不知悔改，其实她偷情被我发现后，能及时中断联系，并加倍的好，关系仍有修复的可能。"

说出这话后，心里一阵发空，戴安安骗我这件事就像我体内长了癌症，刚得知那会儿，我恨不得把她和"你的狗狗"全部猎杀掉，后期化疗真的能治愈吗？

"未必！"阿肯坚定地说。

我返回谈话主题，"你真愿意拿婚姻来做赌注吗？这可不是个轻松的赌局。"

"与卢翘翘在一块这些天，我快乐远远多于烦恼，我感觉自己年轻不少。"

"每段感情都会发生这种情况：一开始，两个人想共享每一秒，然后突然某一天，有一方想独处一段时间，再后来两个人就开始吵架。"说出口后，才意识到这是一段多么经典的话，我很纳闷为何面对戴安安时脑袋瓜就变得愚笨起来呢。

阿肯发愣一会儿，像下定什么决心，"唉，反正都得付出代价，就赌一次吧！"

我为好哥们儿即将进入万劫不复的深渊忐忑不安。如果对方不是卢翘翘，我想我会找来詹望、金牧一起绑架阿肯，逼迫他返回组织的怀抱。可惜对方是卢翘翘，是阿肯这辈子最难愈合的伤口，除做好万全准备接纳我这个注定伤痕累累的好哥们儿外，其他的我无能为力，就像我对戴安安一样。

"根据数据显示，离婚后又结婚的幸福概率很低。"我又说。

"卢翘翘也快离了，她一离我就求婚。"阿肯给了我这样一个回答。

阿肯的脾气我很清楚，他是那种很闷很闷的倔牛，没人能拉住，如今他已经想到求婚，已经走火入魔，"别忘了你老婆可不是省油的灯，她会采取一系列心理战术摧毁你的人、你的事业，甚至卢翘翘，你信不信？凭她一小时六百元高收费的绝对信誉，做到这些轻而易举。"

"她有多少斤两我清楚。"阿肯毫不在意。

"和你生活越久的女人隐藏的越深。女人可都是把狠招藏到最后，和戴安安分分合合这些年，我以为她也就那些招数，没想到这一次分手，才发觉她够恶毒。"

"我能对付，都是一些小伎俩而已！是你太笨。"

突然知道原来他是这么看待我的，我心里一阵刺痛，"你就羞辱我吧。"

"我不是那意思！"他阻止我的埋怨，"我现在感觉哪怕失去一切，只要能和卢翘翘在一起也值得！"

"阿肯，看看我！戴安安刚和我分家，我那里像个重灾区。以前觉得分手不就是分手呗，两个人分开而已，还能怎么样？可我没想到会有那么多不得不面对和处理的事，那么多不得不计较的东西，那么多不得不承受的失落和痛苦，我是前车之鉴，你好自为之吧！"我尽自己最后努力提醒他，想想自己还有一大堆恶心的事没处理好，心里很不是滋味。

阿肯开始安慰我，"一片森林要比一棵树提供的氧气多，恭喜阻挡你进入森林的围栏倒塌了！"

我不想再和他继续讨论这个话题，反正事实明摆着，案例也明摆着，他自求多福吧。看着眼前精美的菜肴，我回忆起与戴安安一块来这儿的情景。"毒药"是她抢着喝的，小牛排是她抢走吃的。今天我本来计划要好好吃顿美食，却触景生情。

我和阿肯有一搭没一搭聊着其他的事，我给他说了詹望的情伤，金牧的熊猫眼，还有安先生提议让我接手餐厅的建议。阿肯没什么心情听我唠叨，他借口有点累和烦躁，然后起身离开。

一人坐在这里吃下去，越吃越不是滋味。戴安安就像坐在我对面，摧毁着我的食欲。

摸摸裤兜，才想起刚换的新裤子，纸笔都在另外的裤兜内。于是向服务生要来纸和笔，在残羹冷盘间腾出一个位置，开始给戴安安写讨伐信。

尊敬的戴安安女士下午好！

此刻，我就坐在皇家驿站餐厅风景优美的露台上，本来我是为欣赏美景和美味，但最终却被与你一块在这里吃喝的记忆摧毁了。

还记得，当我将我妈留给未来儿媳的镂空翡翠镯戴到你手上，你眼眶立刻湿润，深情款款地说：唐德，无论什么时候，只要是有关你的所有事情，我都会全力地帮助你、协助你、支持你，哪怕是竹篮打水，也会继续做下去。

想想遇到你之后的悲惨人生，你已经差不多将我逼向绝望，你的狠心和恶毒已经在我身上有了优秀验证。在此，我恭喜你，你伟大的摧毁计划并没有竹篮打水，同时也恭喜你验证了诺言是永不可信的。恭喜，你赢了！

　　　　　绅士般向你鞠躬致谢的唐德

　　看着服务生将我眼前的残羹冷炙收走，打量着露台远处的清宫楼阁，如同被抛于孤岛上的黑猩猩，只能与椰子壳、石头蛋和那时不时落在身上的海鸟粪做伴，对美好生活的希望开始被无情阉割掉。

　　从未想象戴安安的离去竟让我如此超乎寻常的悲惨，她是老天特地给我的一张违规单，为保住驾照，我必须得付出代价：失落一段时间，痛苦一段时间，悲哀一段时间。

　　1 皇家驿栈：一家集酒店与餐厅的场所，就餐区可看故宫风景的露台非常有名。

美食狂记事十三
迷心鸡尾酒

　　做一个出色美食狂，也不是件轻松的事，然而对于捉弄人这样的小事，我还是有无限奇招的。

　　我的前女友戴安安讨厌吃丁香和蜜饯，我偏偏做一款闻不出丁香味辨不清蜜饯色的鸡尾酒献给她。懂行的人都知道：每一种味道都是独一无二的，将两种味道混合一种新的味道就会诞生，你可以讨厌一种味道，但有时你并不知道你喜欢喝的正是这种味道的组合体。

　　所以，戴安安她是个不懂行的人。

材料：

玫瑰红红酒半瓶

黄酒三分之一杯

蜜饯六个左右

冰糖两颗

陈皮一小勺

丁香一小勺

朗姆酒半杯

制作方法：

步骤1：把玫瑰红红酒倒入长柄不锈钢小奶锅内。

步骤2：放入蜜饯、丁香、陈皮，待烧滚腾后，倒入黄酒，放入冰糖搅至融化，然后用小火烧三分钟左右，待酒汁还剩一半时关火。

步骤3：捞出酒内的所有食材，然后倒入朗姆酒。盖上锅盖焖至变凉后，放入冰箱内置冰凉。倒入同样置凉的马丁尼酒杯内，一款保证让所有人的嗅觉都迷惑的美味迷心鸡尾酒，即可惊艳登场。

十九 还钱下午茶

　　我自认为是个看得开的后现代男人：肯为女人做饭，愿意为女人洗衣服，能容忍女人经常性的无理取闹，陪女人逛街。可当大清早接到前女友短信说她已将之前欠我的八百块钱汇给我后，我变得迷惑起来，这不像是戴安安的做事风格，可我又猜不透她的目的何在。

　　直到下午快五点时，我才想起来自己还欠戴安安四千块钱。那是前年十月末的一个下午，我们去逛商场，她本来要买双靴子，可当我看到新推出的一套双立人刀具，腿便挪不动了。戴安安黑着脸帮我付了款。当时，我信誓旦旦表示回家后就取钱还给她，谁知却遗忘到现在。如果不是戴安安略施小计提醒我，我会一直遗忘下去。

　　自古以来多件事例证明，女人的便宜占不得。呼韩邪单于占了王昭君便宜，所以他这辈子也没打败汉元帝。李甲占了杜十娘的便宜，至此他背了个寡情薄意的骂名。我给戴安安去电话，像我预料那样，头几次她"理所当然"的挂断电话。锲而不舍地继续拨，拨到第七次，她仍旧不接。我看她下班时间还没到，决定去她公司门口堵她。

坐上出租车，当我想到有可能会在楼下等她一个半小时或更长，浑身开始不对劲。一股空虚感袭击过后，胃口和嘴巴瞬间变得空荡荡，无比渴望拥有安全又酥软、香浓又绵甜的感觉充满身体。片刻也没犹豫就让司机调头绕道走，司机疑惑地看我一眼，我明白，除非头脑不正常的人才会选这种路线。此刻任谁也无法阻止我买块蛋糕的欲望。

在凯宾斯基饭店前停下，我狂奔到出产最好蛋糕的面包房。五分钟后，我买下一块乳酪蛋糕，一块朗姆酒巧克力，一块法芙娜巧克力蛋糕，还有一块德国咸面包及一块五香熏肉面包，还点了一大杯又浓又香又甜的咖啡，加上附送的曲奇，装了满满两个袋子。心里满是欢喜，立刻飞到戴安安楼下享受等她下班的这段时光。

终于看到戴安安从办公楼里走出来。穿着标准的职业三件套，还有她标志性的挽发。我直奔过去，没说什么客套话，也没给她冷言冷语的机会，"我想起还欠你四千块钱，你银行卡号多少？我还你钱！"我利利索索地说。

"啊！"她被我吓了一跳，立刻用提包保护着自己，"……什么钱？"

我鄙视她在这个时刻还故意装糊涂！"四千块钱啊，我还欠你四千块啊！"我没好气地说。

"你什么时候欠我的钱？我怎么想不起来？！"

我用诚恳语调说，"看来贵人多忘事，前年十月，新东安商场，双立人刀具，想起来没?"

"唔——有点印象……"

为表明我是诚心诚意想还她钱，不是故意和她斗气，继续和气地说，"那是月末，下午四点左右，我们逛商场，我看上一套刀具，没带那么多钱，央求你满足我收藏一套的愿望，你非常有爱心地答应，并借钱替我付账。"

"噢——想起来了，那天我好像也要买点什么吧?"

"你想买双靴子，但后来没买。"

"是吗?"戴安安咯咯地笑，约摸三四秒后脸色一正，"唐德，你太见外，都过去那么久，不用还了!"

说着她伸手拦住一辆出租车，转身就要走。

我恼了，抓住她胳膊，"借债还钱，天经地义，哪怕我快饿死也会还钱，我会每星期还一块钱给你，还上一百年也要还，请你别侮辱我的人格!"

她用车门猛夹我的胳膊，迫使我松开手，对司机喊，"赶快走!"

我没跟着出租车跑，就是追上去也没用。我拨通她手机，"账号!"

戴安安用无辜的叹气声回应我，"唐德，看在上次你半小时灌醉你爸帮我赴约的分儿上，这钱算我请伯父吧，对这件事我一直挺内疚。"

如果这个世界上钱是可以随着时间消失的物件，就像块糖化掉一样，我唐德绝不会堵着她。可欠债是一个永世都会被人铭记的悲哀，甚至会延续到下一代。戴安安刚才的话对我是个侮辱！更何况她还先刁难我，又装成慈善家怜悯我，最后将一把钱甩到我脑袋上以此衬托自己多么伟大。她看错唐德了，我不是那种为几个臭钱就允许被任意践踏自尊的男人！

"收起你的假惺惺吧！你银行账号？我直接给你打过去。"

话筒那头传出粗喘气息，有四五秒之久，"我们都一起生活这么久了，你连我的银行账号都不知道吗？"

"不知道！"

"那好吧，你就永远不知道下去吧！晚上我让霏圆去取，你直接给她。"

"不转账的话，我希望将钱当面交给你，好当面还清。"

"你的意思是需要我打个收据吗？"

"对！"

"好！"戴安安大叫着回答我，"霏圆会当面将收据给你！"

然后电话挂断。

女人就是这样，假如分手后男人想赖掉一笔欠她的钱，她先会想尽各种办法提醒，如果不行的话，下一步她就会拿起大喇叭告诉几个朋友，让这个龌龊男人抬不起头。如果这个男人依然选择贪心占便宜，后半辈子被人戳着脊梁骨，"他！就那个男的，曾被谁谁用四千块打发了，真可悲。"

这天的事件，我察觉到自己和戴安安病得很严重，已从根部开始蔓延我们整个感情世界。我又想起这天之前的一段日子，我和她之间贫乏的交流，我们每天上床后出现的长长沉默。两个一块生活的人没有交流，就好似隔着鱼缸的亲吻，冰冷的让人慌张。我想当初之所以没有意识到这个问题，可能是我俩是一体的，有太多时间耗在一起，两个人的朋友是一体的，两个人的俱乐部会员卡是一体的，我们就活在这个假象下，彼此不停挑对方毛病并冷酷地指正，但谁都没去改正。

我猜可能很多情侣都是这么分手的，已经努力走向更远，到尽头了，爱情，厌恶，一切。

接到霏圆电话，下楼送钱。霏圆站在男朋友的奔驰车外，脸上的藐视我也看得清清楚楚。

"为什么会这样?"我问。

"因为你俩缘分到头了，"她接过我递过去的钱，"是你将关系推向绝路的。"

"你要不要点点钱?"

"没必要。"她将一张纸递过来，"这是收据! 我也不知道戴安安是怎么想的。"

"我已经不想知道了。"我说。

接下来，是一阵足够长的沉默时间。最后还是霏圆先开口，"说实话我对你很失望，无论如何你也不该让戴安安写收据!"

说实话，我压根儿也没想过要收据，这是戴安安自己提的要求。我非常认真地对霏圆表达了她为我做中间人的感激，并将自己做的一大瓶芦荟酸奶递给他。此刻，我浑身疲惫，很想回家去，也懒得给霏圆解释事情缘由。

在她离开后，我看着路灯下自己的倒影，发呆。

我和戴安安已经分手了！我提醒自己没必要难过，彼此分开都会活的更好，担心的应该是自己的未来。她会OK的，我也会OK的，未来也会OK的。

二十 喜宴

　　老爸和慧姨的婚礼很简单，就去公证处领个证而已。参加婚礼的人也很特殊。老爸这边仅有我，慧姨那边是她的三个儿子、三个儿媳和四个孙辈。老爸见我没把戴安安带来，脸立刻阴下来。

　　离开北京前的那天晚上，的确想放下面子恳求戴安安继续假扮女友，可一想要忍受三天的虚假恩爱我就受不了。加上之前戴安安对我施加的报复，依照她的性格推断，有可能酗酒大醉大闹婚礼，那时不用抖出分手事实，大家也能猜出我和她完蛋了。虽然从更理智的角度来看，她戴安安从不喝醉，很少失去理智，是个演技很棒的女伴，可我依然不敢将她带去，我害怕那种感觉，就好像领着一头令自己胆战心惊的怪兽回家，家人却喜欢的恨不得让我们立刻结婚。

　　如果有可以立刻离开的理由，我会立即逃跑。不过，有什么事情比参加老爸的婚礼更重要？尽管我知道让自己待在厨房永远也无法解决问题，可将身心投入烹饪，我就知道自己想做什么和能干什么。

大家之前规定每个人出一道菜当做对二老的祝福。我现在做的是"花丁全家福"，所有食材都来自慧姨自家种的蔬菜。快刀将菜切成丁，将盐水花生和温水浸泡的几朵干菊花和百合花捞出装盘。我事先做了细致的思考，非常坚信这道菜能为老爸的婚宴带来喜庆气氛。说实话无论老爸怎么对待我，我还是非常想当他心目中那个理想儿子，这道菜就是我对他的新婚祝福。做菜灵感来自家里那扇打我小时候就挂在墙上的合家欢聚木屏风画。我选出十二种食材，将其融合进一道菜，象征着一个新家的成立。我非常肯定只要晚宴上说出菜的寓意，一定会让所有人对我刮目相看。

一身大红旗袍的慧姨走进来，"唐德，我来帮你做点什么吧，"她声音慈祥，"有什么菜要洗吗？"根据传统习俗，新娘子不允许在结婚当天进厨房的，哪怕她是个快六十岁的老新娘！于是我连忙搀扶着她朝外送，"不行！不行！新娘子不允许进厨房！"

大概她没想到我会用"新娘子"这个词，脸微微泛红，"今天你和我爸等着吃就行！"我补充说。

我还不习惯喊她妈，当然不是因为我讨厌她，事实上我挺喜欢这个瘦高个女人，她内敛、体贴、做事干净利索，总之和她相处，会被照顾的无微不至，挑不出任何毛病。只是我心里仍有那么点小纠结，"妈"这个称呼还是让我有点伤感。

我将南瓜切成拇指大小的丁，与莲藕丁放到一起焯水，然后将所有花丁入锅，发现黄酒用完了，跑到客厅，"爸——黄酒，黄酒，快给我黄酒！"

老爸装作没听到，继续逗他那个"横空出世"的小孙子，这让我很尴尬。我心里算计着还要不要开口询问时，他转身从酒柜内拿出一瓶陈酿绍兴黄酒。

"爸，菜还烧着呢！"我伸手去接，他却换到另一只手中。

他是故意的，将自己亲儿子置于被人嘲笑的局面，只有他才会这样。我装着笑得很开心，"我爸就是个老顽童！"

我很在意老爸刚才对我的态度，可我不想站在厨房里弄出一副自怜自哀的架势，于是竭力投入做菜。把适量红酒倒进烧得已微微发干的蔬丁，在馥郁芬芳的黑醋栗香味中翻炒几下加入鸡汤。

"还用黄酒吗？"我扭回头，看到慧姨的小儿子端着杯黄酒站在我身后。

我立刻装出快乐语气，"嗯……放这吧，谢谢。"让紧绷的脸在瞬间露出微笑真不是个简单的活。

"都是一家人了还客气什么！"他侧着身子看我切菜，"做什么呢？"

"秘密！"我守紧嘴巴。

"嘿，早听我妈说你是个美食家，做出的菜肯定很不一样！"很高兴慧姨告诉他这些，"啊哈。"

他又说："听说你也快结婚了，怎么不把女朋友带来？"

我早就想好理由，"非常遗憾，这段时间她去法国出差，我也恼着呢！"

我们聊得很愉快。从对老新娘老新郎的祝福，到妈妈在自家菜园种的瓜果，从美食到这个城市的最近变化，最后我们开始聊工作。

"你究竟具体做什么啊？餐厅？酒店？"

"不。"

"从政？你不会在政府的卫生部工作吧？我有个朋友和你很像，自从进入市卫生部就超爱吃喝，"他呵呵地笑着，"白吃白喝嘛！"

我也装出哈哈大笑的样子，其实一点也不好笑。

"文化饮食方面，就是给国内外一些杂志写写稿子，给餐厅设计个新菜，有时策划一些红酒方面的活动什么的。"我尽量说得轻描淡写。

三哥突然问，"你女朋友是做什么的？"

"建筑师。"

"好职业啊！"他感叹，"我有个朋友就是建筑师，刚跳槽到一家大事务所，月收入立刻翻了番。"

戴安安以前在小事务所做事，每月也就那么点工资，后来跳到一家大公司，薪水便在银行里堆积起来。她开始有了优越感。刚开始还给我买些礼物，后来在我俩大吵一架后，就再也没送出超过五百块的东西。

"你们什么时候结婚？"三哥问。

说实话，我还真没问过戴安安是否想结婚，因为我从来都没想过结婚这回事。我有几次想谈谈，可想想分分合合这么多次，索性就再继续折腾几年吧。可惜现实更有戏剧性，我俩终于在第一百零三次的分手后彻底掰了。

我只能瞎编，"其实结婚也很不错，只是她向往单身主义，还厌恶婚姻，她妹妹不喜欢男的，她最小的那个弟弟有恋母情结……"我故意把话说到一半打住，"嗯，看我说了什么，今天可是我爸和你妈新婚，真不吉利！"

我心里那个舒服啊。我第一次发现造谣、诬蔑、中伤戴安安及她的生活会让我如此兴奋。

他们先是吃惊，再吃惊，接着恐怖，后又转为鄙视，最后是可怜地看着我。二哥慢悠悠地说，"老弟，你俩开心就行，这个时代啊自由比什么都重要。"

"是啊，人就需这样，享乐，享乐，再享乐，享乐够了后再考虑别的吧。"说过后，我感觉自己真的飘飘然起来，变成一个嬉皮士。

"看你那德行！"不知何时老爸来到了厨房，接着朝我大吼，"什么享乐，享乐，再享乐！你以为你是谁呀？我怎么养出你这样的纨绔儿子，"他气急败坏地看着我，指着三哥说，"你看看人家，年纪轻轻就是副教授！你可好啊，整日就那点在厨房瞎磨蹭的出息，没一点上进心！"

我一再告诉自己忍、要忍、要继续忍！可这个给精神不正常的人看了一辈子病的老头实在太过分，在他自己新婚日子也不积点口德放过我，不仅一而再再而三的暗讽明骂，还当着外人面羞辱我，好像我唐德是不成气候、死皮赖脸地让他养一辈子的老儿子。

他们三个劝我老爸息怒。

"哼，行！既然你觉得我没出息，那我让你眼不见心不烦，我走！我走行了吧！"

说完解下围裙往水池里一扔，快速来到客厅，拿起放在门口玄关处的提包，对抱着外孙女的慧姨说，"慧姨，祝你俩新婚大喜大利，百年好合，我有急事，先回北京！"然后趁大家还没追来时跑出大门。

　　摔门离开绝对是个大错误，我能体会老爸在他的大喜日子这天的心态，在自己丧偶多年后的第二次婚礼上，看着第二任老婆的三个已成家立业的儿子和孙子孙女一起其乐融融，再看看自己那三十多岁还未结婚的老儿子，任何一个父亲都难免计较。我很清楚他势必会找个时机逼问我戴安安为何没来，依照戴安安以往的贤惠样儿，他百分百不相信我编的谎，如果我不小心说漏嘴，他肯定会发狂，那我这后大半辈子就别想过安稳。

　　手机响过三次，都是家里的号码，不接电话的感觉让我舒服一点。不一会儿，我收到短信：你爸心脏病发作了，快回来！！

　　我心头一慌。

　　我老妈走的早，如果老爸在我三十多岁时走掉的话，那这辈子也就算完了，痛苦和内疚会一直折磨我，直到我去奈何桥和他们重聚。不过依照我老爸那脾气，他等不等我还是另外一回事。我赶忙跟司机说："快，快！拐回去！"

　　推开门刹那间，房间内静悄悄，十几双眼睛齐刷刷地盯着我，这其中就包括我老爸那对非常精神的眼睛。

　　一瞬，我明白是怎么回事了，转身就要走。

　　"唐德——"老爸拉长声音喊我，"你……你留下。"

我很想留下，可嘴上却说，"你不是看见我就烦吗？"

"我给你道歉！"

我怀疑这是幻听！我老爸在向我道歉吗？这可是我有史以来最值得珍藏的日子，终于在有生之年听到他道歉！

慧姨走过来拉住我，"唐德，你爸刚才真的心脏病差点犯了，别生气了，来，留下全家一块吃喜庆饭，你说你要是这么离开了这算哪门子喜庆啊，给阿姨一个薄面，好不？"

我被全屋人看得无地自容，连忙说，"慧姨，嗯，你别这么说，今天是我不对，我不该和我爸吵架，我就不该出现！"

似乎我说错话了。

"你不想出现？除非我没养你这个儿子，否则你必须得来！"老爸冲我说，"我死后还指望你收尸呢！"

"我错了，我说错了！我必须在这儿！我道歉，向大家道歉，特别向二老道歉，我真挚地道歉。"我真想封住老爸的嘴巴，真怕他冷不防又说出什么精神失常的话。

老爸背过头不再看我。

慧姨温暖一笑，然后冲儿子儿媳们说，"下个轮到谁做菜？"

无论过程多么糟糕，当看着一大家子人其乐融融，我所想的只有让时间持续的再久一些。看到老爸能再次重组家庭，心里真有点奇怪的嫉妒，但更多是欣慰。我知道我老妈也会替他高兴，她此刻肯定正一边喝着最爱的美容小醋一边看着老爸。

老爸送我回酒店的路上，我们先是聊他的蜜月计划，接着又聊慧姨的贴心和几个儿子的争气，听他夸奖别人，心里依然有点不爽。

在快到酒店时，老爸问我，"唐德，告诉我实话，你和戴安安是不是出状况啦？"

有那么一秒，我想告诉他，是的，我和戴安安分手了。不过理智战胜情感，我实在不想看到他得知这一事情后的表情，更不愿影响他今天大喜日子的心情，我很坚定地告诉他，"爸，你就不能对我有点信心？我和戴安安好着呢，在你眼里我就那么没本事？我和戴安安没分手！"

老爸盯着我看一会儿，"唉，不懂你们年轻人！你想怎么来就怎么来吧，不过戴安安可是最适合你的，放走了她你一定会后悔的。"说着伸出手，迟疑片刻还是拧了下我的耳朵，像小时候那样，"唐德啊，你爸老了，不知道还能帮你多久，你要好好照顾自己，有了目标就要持续努力，别遇到困难就放弃，要有步骤有计划地实现自己的理想。"

路灯下，此刻我第一回意识到老爸的无奈与伟大，这一刻也仿佛回到小时候还崇拜他的日子，他拉着我的手放学回家，他给我讲"人要自立"，"要把握机遇"，"不要害怕困难，要迎接挑战"……二十多年后，老爸依然说这样的话，不过他老了，我却还没自立，心里无比鄙夷自己。

"我会的。"我对自己说也是对他保证。

老爸又说："唐德，你比你慧姨那三个儿子儿媳烧的菜都好吃！"

听他说完，我眼角湿润了。

老爸回去了。我一个人躺在酒店床上，突然觉得应该去一个地方看一个人。于是我拿着衣服下楼去二十四小时营业的便利店，买下货架上所有的苹果醋、山楂醋、红酒醋和菠萝醋，然后打了辆车去墓园。

我翻过一米多高的铁栏杆，随着微风踩着树枝走到老妈的墓前，将所有醋拿出来，摆在老妈的墓碑前磕了几个头后，坐下来和她喝着醋说着话。烦恼啊，戴安安啊，做菜啊，收入啊，朋友啊，新生活啊等等，所有我从来不愿说的难过事都对她说，我知道老妈会仔细听，绝不会嘲笑愚弄我。

当我说到自己下定决心不再纠缠戴安安，接手一家餐厅，准备开始新生活的时候，顿时浑身轻松。这么久以来，我终于看清未来的方向，眼眶不由得湿润，泪水汹涌而出。我知道老妈听到了我的决心，她会鼓励我继续前进。待泪流停止，内心又空荡又舒服，一瞬醒悟很多事。很多时候，人不能有太顽固的执念，只有学会放下，才能迈开新一步。

美食狂记事十四
花丁全家福

　　美食，是种世界语，一个国家的风俗文化很多时候会用美食来呈现。

　　在中国某些日子，美食需要情景才能映衬出来，就像在我这个单身汉唐德的老爸再婚这天，我就从一幅木屏风上的印花中获取灵感，选取出十二种食材，做出这道象征团团圆圆的喜庆菜肴。

　　我一直坚信，这道菜一定能获得所有宾客的好感，因为它是今天喜宴气氛最贴切的表达。

材料：

土豆半个

胡萝卜半个

莲藕四厚片

黄瓜三分之一段

水梨半个

番茄三厚片

冬瓜五厚片

南瓜四厚片

茄子两厚片

花生十颗

干菊花三朵

百合花五朵

橄榄油适量

盐适量

鸡精适量

花雕酒一碟

制作方法：

步骤1：将南瓜挖去内瓤，削皮洗净，切丁；将莲藕切厚片再切丁用清水浸泡；将土豆、胡萝卜、黄瓜、水梨、番茄、冬瓜、茄子洗净切丁。可选用任意蔬丁，时令的鲜菜最佳。

步骤2：将花生泡入盐水中浸泡十五分钟；取干菊花、百合花用热水泡开；把步骤1中的所有材料切丁，备用。

步骤3：锅内入橄榄油烧热，放入所有蔬丁，用大火爆炒一分钟后，加入花雕酒，改用中火再翻炒两分钟。

步骤4：煨至汤汁快收干，把菊花、百合花放入锅内，再入一些鸡精，翻炒均匀，即可将这道象征喜庆团圆的菜肴装盘上桌了。

二十一 吃与舍得

　　人类发现火之后，追求完美的本性促使他们将肉放到火焰上烤熟，经过实践他们慢慢发现，有些肉在烧烤后吃起来更香，有些肉生吃更美味。由此开始，人们吃肉走向两个极端，一种是以香为主味，一种以鲜为特色。多数情况下，烧烤时要很多人一块吃才够味，而生吃则独自一人更有感觉。

　　上了火车，找到座位，我拿出昨天定好的寿司套餐，开始了一个人吃鲜的享受。

　　我吃东西的兴致感染到对面坐在父母腿上的一个小男孩，他眼巴巴地抿着嘴看着我，我递给他一块寿司。多数时刻，我很讨厌小孩，他们打乱人生计划，弄脏厨房，摔破名贵盘子，半夜会哭叫尿床，一直幻想自己以后的小孩能挥手就出现，又一挥手就消失该多好。所以每当想到随着婚姻诞生的小孩，心里就不由得害怕。但今天却并不觉得小孩那么烦人，看着小家伙吃寿司的可爱动作，内心莫名其妙的欢喜。

　　吃着寿司看着窗外，突然想起另外一次坐火车经历，那次

是与戴安安一块去云南度假。

那天她吃着我提前预定的肉质肥美的烤鳗鱼和很诱发食欲的寿司拼盘，不停夸奖我体贴周到，还能让她在这种地方狂吃寿司，真不愧是个美食狂。记得吃到一半时她问我一个问题，我爱她多深，并给我几个选择，一是比我收藏的盘子多，二是比我用过的筷子多，三是比一栋由她设计正建造的大楼使用的钢筋多，四是比我们吵架的次数多。

我立即选择第三个。可戴安安有点不高兴，说我虚假，她希望我选择第四个答案，她的理由是争吵能让我更了解她的需求，争吵后她就能获得更多爱。当时我被她这个解释弄得一头雾水。现在仔细想来，这似乎是她给我的一个提醒，我给予她的并不是她想要的，我爱她爱的还不够多。

此刻，同样在行驶的火车上，同样吃着寿司，仿佛戴安安就坐在我对面。想想和戴安安在一起的这些年，甜蜜的事还是远远多于不高兴的争吵，因为我不舍得失去这些甜蜜，所以愿意迁就她，时间越长，就越觉得丢掉了可惜，这种懒惰心理就像吃外卖寿司，表面看起来是新鲜的，其实营养早已失去。

如今，这段感情内的所有情景在此刻就像倒退的幻灯片一样快速闪动，一帧帧，一幕幕，一段段。此刻我看着这些画面内心除了些许失落、些许惆怅，剩余的就是轻松。就好像搏斗一辈子的斗牛士，在牛缓缓地倒地后，拿着红布挥舞一下，然后鞠躬谢场。我和戴安安这八年来的一切纷争和难过，都在此刻变的遥远起来，遥远到我下次看到她，不会再大动肝火，弄个面红耳赤。

李雪莉的电话打乱我略带伤感的思考，她在电话里先问我这几天怎么没去健身？我小声地和她聊着这几天发生的事，老爸的喜宴，我与戴安安的关系，以及我的目标。她为我能从感情纠缠中解脱出来而感到高兴，同时祝福我未来更美好。最后，在我提到下决心接手安先生的餐厅后，她大声欢呼，还说要送我一个非常特别的礼物。

就在这时，脚背突然一热。我"啊"地跳起来，全车人都朝我看来，随即他们顺着我惊诧和不可置信的表情向下看去，对面那对夫妻的儿子正对着我的鞋口撒尿呢！

小男孩的老爸立刻拎起男孩，谁知这更惨，他正撒着的尿又淋湿了我的裤腿。

我张大嘴巴，看看小男孩，又看看我的鞋和裤子，就像水灾现场。

"……怎么了？唐德，你怎么了？！唐德，唐德——发生什么事了？你坐的哪列车？是不是遇到劫匪啦？我拨110……"

我回过神，连忙阻止雪莉，"别，别！"我哭笑不得，"什么事都没有，我好好的，只是被一个小孩先尿了一鞋后，又尿了一裤腿！"

"啊——"

几秒后我不得不说出实情，"雪莉，情况不妙，我要吐了……"

十分钟后我从洗手间走回来，一只脚泡在清洗十多遍的鞋内，另一条裤腿还湿嗒嗒的滴着水。小男孩的父母不停给我道歉，还帮我定了杯歉意咖啡。此刻那个用尿浇我的小家伙大概饿了，正大口吃我刚才送他的寿司。

大概小男孩注意到我在看他，竟抓着啃了几口的寿司向我递来，"吃！"他说。

　　我把他的手推回去，告诉他叔叔想看着你吃，听我说后，他竟将寿司一口塞到嘴里，然后摆摆双手示意OK。我抚摸下他的头，轻轻地拧了拧他的耳朵，他看着我笑起来。

　　小男孩的老爸问我，"哥们儿，你结婚了吗？"

　　"啊！"他的问题太出乎意料，放在以前，遇到此刻这种情况，我会扯谎说有，绝对不允许任何人知道我被甩的事。现在我却选择说出真相，"唉，刚被女朋友甩了，不过我很感谢她。"我尴尬地笑，"的确是她甩了我，我也很难过，后来想明白两个不合适的人强加在一起未必幸福，所以也就没那么难过，我想明白了，人呀，要学会舍得松手。"

　　小男孩眼珠一转，"叔叔，那你舍得将所有寿司都给我一个人吃吗？"

　　"不舍得！"我摸摸他的头，"但叔叔还是会将寿司都给你。"

二十二 餐厅狂想曲

　　所有生命都需要汲取营养，但只有我们人类，对汲取营养这个动作，称呼为"吃饭"。在他们看来，坐在餐桌前是最快活的。假设这个世界上没有了餐厅会是什么情形？从社会学角度来看，如果人类存在一天，那么餐厅就不会消失。返回北京的那天晚上，我便约定三个好友周末去泡温泉，聊聊我的餐厅计划。

　　"这个世界上，动物吃食，人吃饭，唯独有格调的人才知道去品味，所以我将这家餐厅定在'味'的基础上。"我给三个好友兴奋地灌输我的理念，"我唐德做菜的水平你们应该没异议吧？我唐德对红酒的品味你们也没异议吧？我唐德的人品你们知道，绝对不存在欺诈行为，所以投资入股对你们三个来说是净赚不赔的好事儿。"我坐在温泉内，情绪激昂地演讲。

　　三个家伙没一个有笑脸。詹望电话不断，阿肯满眼血丝耷拉着脑袋，金牧拿着一沓单子和计算器嘴上还不时念叨几串数字。

我半卧在中药味的温泉内，"安先生的餐厅经营一直很不错，地理位置好，各种证件齐全，还有几本获奖证书也留给我，接手后我能省不少事情，另外他那些桌椅准备五折给我，后厨那些稍有损坏的碗碟什么的全部送我，还有那些刚更新还没过半年的大型机器也给我算六折，其余零零散散的物件二折给我。"

说实在的，和安先生的交涉真的很累人，不过最终这个价码应该是他的底限，如他所说不是看在我是他的老顾客的分儿上，他真不会这么低折扣给我。虽然生意是只有绝对赚的，没有赔着做的。不过我还是很感激他对我的评价，从某方面来说，他潜在地当了一回蝴蝶，而我也借这个效应看清自己的人生方向。

那天和安先生通完电话，我开始思考另外一个更实际的问题，购买餐厅的资金从何而来？我的银行账户里面没有多少钱。想借我老爸的，但他刚组个新家，我真不好意思开口。最后我脑袋里冒出三个多年好友。

"安先生这家餐厅一直处在盈利状态，接手过来的最糟糕状况就是维持现状，所以赔本的可能性很低，我仔细做过调研，安先生提出的价格从餐厅估值来看要稍低一些，非常肯定他这人是真心想把餐厅转让给一个称心的人，按照他说的，把餐厅转给我，他会走的很安心……"

詹望冷不防地打断我，"我怎么不知道他病危？他什么时间见上帝去？上周还见他满面春风，没想到这么快就要升天……"

"你找抽啊！"我抽出脖子上的毛巾投向他。

毛巾砸在正埋头对账的金牧身上，他抬头看看我，又看看詹望，把毛巾推到桌子一边，又埋头苦干。

"我说你俩让人清闲会儿，行不？"阿肯喝着一杯冰果汁，"要我说啊，这里面有鬼，哪里有什么天上掉馅饼的事儿，小心为妙！"

"他就是这么说的，是用那种求着我的口气，"我又加上一句，"我感觉是求我的口气！"我又解释，"真的，就是傻子也能感觉到他真的想转给我。"

詹望脱下浴袍，秀着一身肌肉下到温泉，舒服地半躺着，"傻子？你连傻子都不如，傻子还有可能难得糊涂，你就是一糊涂人儿！"

"你什么意思？"我今天极反感詹望的说话态度，好像我做了什么错事，故意和我作对。

詹望摆出一副阴阳怪气的语调，"怎么说你才能明白呢？我现在知道一个真理：在你身上发生的事都很不对劲！"

"那你说说哪里不对劲？"

"想听实话？"

詹望看我的眼神让我不舒服，"你让阿肯说说吧，"詹望对走进温泉内的阿肯说，"你觉得整件事对劲吗？"

阿肯把毛巾盖到额头上，"如果真是这样的话，说不定唐德真能开启他的饮食王国。"

我感激地看他一眼。

"我挺看好唐德！"金牧在一边大声说，"唐德，我支持！你想好餐厅名字了吗？"

"饕餮共和国！"

"名气听起来比唐德有意思多了。"詹望怪里怪气地笑，"从我专业的投资顾问角度来看，我还是不看好这项投资，餐厅新更名就会流失一部分老顾客。"

"这是我唐德的餐厅，要用唐德的风格！我不会沿用他们的饮食思路，这是个新的开始！"

"你看，你看！冲动是投资人看待一个项目的重要忌讳，我更不看好你了！"

他詹望看来真吃炸药了，还真和我对上了。

"我看好唐德，你们不觉得没有比开餐厅更适合唐德的职业吗？"金牧问他们两个。

詹望回头看看金牧，"你的意思是你支持唐德开餐厅，你还打算借钱给他，准备入股？"

"对！"金牧迎向詹望的目光，回答的斩钉截铁。

我跳出温泉，立刻冲过去，抱起金牧旋转几圈，我一阵感动，"太谢谢你了，金牧，还是你最知我心。"

金牧拍打着我，"松手，松手，恶心死啦！啊，账本！我的账本！"

"俩大老爷们儿抱着让别人看见算什么！"阿肯说。

我立刻将金牧放下来。

詹望继续泼冷水，"唐德你想想也就算了吧，当他随便说说安慰你就行，他哪来的钱入股？他可是个妻管严，他老婆那么精明的人肯投资给你？我也立马入股！"他一脸不屑。

金牧噌地一下蹿起来，"你别狗眼看人低，詹望，我说了入股就一定会入，明个儿回去，我就拿钱给唐德。"

詹望从温泉内直起身，水花溅在了阿肯盖着脸的毛巾上，"说得倒轻巧，你从哪儿弄钱来？向老婆拿吗？我等着瞧呢，只要你入我也立马签支票。"

"我还真较上真了，这可是你说的啊，你别反悔！"说着他拿出手机，拨出一个电话，接通后，用免提说，"喂，老何吗？我是金牧，你帮我预约下我明个儿取十万块，对，对，我有用，麻烦你了！"

挂上电话，金牧脱掉浴袍跳到温泉内，对詹望说，"别忘了明个儿准备支票啊！"

我比谁都了解金牧的性格，他老婆数落他，没关系，他一笑了之。但假如我们嘲笑他，他的自尊心便立刻跑回来，宁死也要挣面子。

"算了，金牧，我只是提一下，入不入都无所谓，那钱你放着，我不要！"我可不愿金牧为向老婆申请十万块，跪地板一个月。

听我这么说后，金牧更生气，他刷地站起身，"唐德，你什么意思？你也怀疑我拿不出十万块，对不对？连你也看不起我！"

又被溅一脸水的阿肯将毛巾扔进温泉，"好了，好了！你们仨怎么跟娘们儿似的，你们说说看，我们四个认识都认识这么多年，谁不了解谁那半斤八两？"阿肯依次看着我们三个，"你！詹望，自傲自大，钱比我们多就看不起人，我们还闻不惯你浑身铜臭味呢；你！金牧，你死要面子干什么，我们没人看不起你，看不起的是你自己！一个男人被老婆那么压着，我们都替你不舒服！还有你！就你！唐德，你给我听好，我们打穿开裆裤就认识，到现在都三十年了，你几乎没一点长进，上周你老爹还给我打电话让我帮你指引下人生方向，为什么你就不理解你老爹一片苦心呢？叔叔新结婚又怎样，他就不能有自己的人生?！上初中高中那会儿全校公认最聪明的家伙怎么会越活越差劲？还有我，我自己也检讨，一开始我以为这个世界上没有我把控不了的事，可现在才发觉这样的事太多了，我以为和卢翘翘再次相遇一切都会美好起来，谁知一件事跟着一件事发生，这不我妈知道消息后都病了，而我老婆天天也折磨我。你们说说，我们是继续吵吵闹闹伤感情还是相互扶持走出困境?"

几乎同一时间，我和金牧说："相互扶持！"詹望说："吵吵闹闹未必伤感情！"

阿肯狠狠地盯上詹望，詹望扭开脑袋，转头看向温泉外小路上快速走过的比基尼少女。

看着三个因我的事闹得不开心的老伙计，心里很不是滋味，"好了，就这么算了吧，都是破餐厅惹的祸，不要也罢，反正我也没信心，到时赔了，反而连累你们。"

我刚说完，几道冷气直冲过来，他们三人的眼神简直能把我秒杀。

阿肯冷笑，"你就这点出息？遇到这么丁点困难就打退堂鼓？你知不知道这是你人生一大弱点，你直接买个坟墓，反正早走晚走都一样！"

金牧接着说："你以为我会瞎投资？说实话，那天我们去安先生餐厅吃饭，安先生第一次提出把餐厅转给你，我就从你眼里看到一股火焰，那时就觉得这是你唯一能做的事业，我相信你会成功。"

詹望也训斥，"你以为你活得很有意义？其实你是懒蛋一个，你是个懦夫，你害怕未来，你得过且过，你再不拼搏人生再不起步就真完蛋啦！"

我感觉自己被彻底羞辱，"那你们的意思我该接手餐厅？"

"这你得问问你自己。"阿肯白我一眼。

"我相信你的能耐。"金牧给我一个肯定的眼神。

"想通了找我去，我来做你的投资顾问，还有，只要你答应不更改餐厅名，我也入股！"在我准备扑过去谢谢他时，詹望挥手制止了我，"我丑话说前头，赔了的话你下半辈子给我打工吧！"他顿了顿，突然叹口气，"唐德啊，说句题外话，有时候啊我们的眼睛看到的未必是真相，眼睛也会欺骗自己。"

我正要问他什么意思时，金牧却突然抛出一个惊天大雷，"是啊，很多时候我们眼看未必都是真的，不过很多时候呢又是真的，兄弟们，我又恢复到单身汉行列，我离婚啦！"

"啊！"我们三个不可思议地看着他。

"我昨个儿刚签的离婚协议，"金牧接着说，"说出来你们不信，财产全归我，女儿也归我！"

我们三个盯着金牧，都觉得他是怪物。

"你们别用这种眼光看我，怪吓人的，"金牧解释说，"我可以做一个妻管严，但绝对无法忍受一个给我戴绿帽的母老虎，而且对方还是个老头！"

阿肯将毛巾捂在脸上，"这个世界疯了！"

"是金牧疯了。"詹望搭话。

金牧倒很坦然，"这样很好，早发现早解决问题！而且我妈对我的离婚举双手赞成，现在就张罗人给我介绍新对象呢，实话实说啊，我从没像现在这么轻松过，新的人生正等着我，我要重新做回那个风流倜傥英俊潇洒人见人爱的文艺青年！"

詹望直翻白眼，"是文艺中年吧，还带着个拖油瓶！"

"你怎么哪壶不开提哪壶！"金牧发怒扑向詹望。

詹望大叫着跳出温泉。

我安抚金牧，"他就那德行，别往心里去。"

阿肯脸上的毛巾动了动，"你就当他正处在不正常的情绪月经期！"

"靠，怨不得我总觉得这眼药泉水质发红，味道还怪得很呢！"我刷的一下起身，谁知又溅了阿肯一脸水。

这下把阿肯惹恼，扯掉脸上毛巾往水里一扔，"我怎么这么倒霉啊，我不待这儿总行了吧！"

我将毛巾从温泉内捞出来，拧干水分，叠成方块，然后盖到脸上，接着将其他身体部分全浸入温泉，在水下握紧拳头做个庆祝成功的手势。非常非常高兴，这几天我做详细的计划分析，写商业计划书，做精彩演讲，最终得到他们三个的一致肯定。

想想之前的时光，走了很多弯路，以为自己永远也无法到达终点，现在才明白，很多时候每个阶段都是终点，每个阶段都会有收获，只是我一直没发现。

二十三 味浓情不浓

　　我以为这辈子再也不会接到戴安安电话，也不会收到她的任何消息，甚至连梦也不会梦到她。而中秋节这天，我不仅梦到了她，还看到她的未接电话。

　　刚开始，我认为这不是什么大不了的事，还自嘲一番。不过五分钟后，越想越觉得拨错电话的可能性比较小，戴安安不是那种急性子，她做事很慎重，拨错电话的概率很小很小。假如不是拨错，那她为什么拨给我呢？想着要不要拨回去问问时，接到她的短信，六个字加两个符号，"中秋快乐，唐德。"

　　这一刻，我确信那个电话是她拨来的，至于为何只响几下，上帝佛祖才知道她的想法。我这样的俗人只能依照各种可能推测，她中秋无人陪，所以找人开心？她无聊到想和人吵架？突然想起还有几张没带走的电影和书？

　　我思考到脑袋快爆炸，最终决定回短信给她，"戴安安，中秋快乐。"

　　不过发出去前，我又把她名字删掉，只留"中秋快乐"四个字，这是我两秒内做的深思熟虑，如果发生失误意外，我也可以找发错信息的理由。很快地，她回信过来，她用讽刺的字眼提醒我，"大情人，好久没收到情书了！"

　　情书的事，我一直故意忽略不去写。如今她主动提醒，我也只好写了。不一会儿，我就郁闷地躺在沙发上睡着了。我从沙发上醒来差不多快二十三点，手机内有三条短信，同样内容，都是戴安安发来的，"给你打去电话，方便吗？"短信发来的时间是21:01，21:30，22:15。脑袋一时转不过来，她今天行为异常，这完全不是她的风格，她究竟想干什么？和我复合？不可能的事，就我俩现在这状态，除非想往火坑里跳！又看一遍，开始忐忑不安，一股说不出的好奇心，"可以，但吵架的话别怨我。"我回短信。

　　十五分钟后，我泡在浴缸内，快把半瓶酒喝完，手机响起来，"哪有这么让人等电话的，我都快睡着了。"

　　我把最后一点酒倒进杯内。

　　"我刚才睡着了，"说着，她打一个喷嚏，"我感冒了。"

　　还好我刹车及时，否则非要脱口而出"怎么回事啊？你看医生没？"等等之类的关心，我可不想再让她误会，我早该给自己松绑了。

　　"哦。"我什么也没说。

　　电话那边沉默几秒，"你好吗？"

　　"还可以，你呢？"

　　"还可以。"

"他呢?"

"谁?"

"你的狗狗啊,还有贾明斯啊。"

她竟没丝毫生气,"他们都还不错!"

"那就好,祝你幸福。"

"希望吧!"

到这里我突然不知道说什么了,赶紧找个话题,"你们什么时候结婚啊?"

"和谁?"她又沉默几秒,"还没计划呢,不过应该很快。"

心里猛然怪怪的,"我希望你能在我结婚后再结!"我想也没想就说出心里话。

这话让她很不舒服,终于沉不住气,"凭什么?"

"没凭什么,只是一个希望,我没说不让你结婚在前啊。"

"那你还这么说?"

"我就不能有自私的想法?"

她没生气,也没叹气,反而咯咯笑起来,"由你了。"

她这么反应,我也不好意思再说什么不好听的话,一时语塞,想不起说什么,于是回到"你的狗狗"和贾明斯的话题上。

"我一直不明白他们两个比我好在哪里,"我又强调,"不是想和你吵架,我想了解自己究竟失败在哪里。"

"唔,"她说,"他们有很多地方并不如你,不过有一点很可贵,有人生目标,事业做的都挺出色。"

没想到这就是答案。我真不知道该高兴还是失落。"没想到你看重这些!"

"对,我看重的这些正是你觉得不太重要的方面。"

　　我以前不看重这些，但不代表现在不重视。

　　"嗯，安安，你想没想过，其实这些年我俩几乎没有不吵的时候?"

　　她在电话那边思考着没说话。

　　"你能想得出一个我俩和谐又亲密的画面吗?"我又问。

　　她声音低沉，"……不能!"

　　"你看，其实我俩是半斤八两，你以前抱怨我的话其实连你自个儿也没能做到。"

　　我发觉自己竟可以和她很放松地调侃，"那你的意思是他们做到了?"

　　"你能不能别总揪着一个话题不放，这样真的很讨人厌啊!"她笑着回答我。

　　"哦，那你是喜欢那种嘴比心要甜的男人? 我看那个狗狗对你就挺甜蜜的。"说着我伸手拿酒杯，谁知却碰倒酒瓶，慌张用拿手机的手去抵挡，手机却掉到浴缸里，我连忙去捞手机，谁知酒瓶没放好又倒下来，直接砸在脑袋上。

　　我终于从浴缸内捞出手机，没想到还能听到电流声，"喂——喂——"我喊。

　　很快地，电流声消失。我从浴缸站起来，迅速跑到客厅，用固定电话拨戴安安的手机，不在服务区。我站着，直到一阵冷风把我吹醒，这时我才想起还没问戴安安打电话来有什么事。

　　有气无力地擦干身体，返回客厅坐在沙发上吃腊肉月饼，我边吃边无聊地拿着个小勺在面前的一块块月饼上敲打着，脑袋里突然冒出一个熟悉的画面，我俩度过的第七个中秋节那晚。

那晚我俩共同创造出有生以来的第一道菜，那应该算彼此第一次精神和肉体的完全融合吧？那个时刻我和戴安安的心连在一起。

我再次回忆一遍那时的情形，立刻知道自己要做什么了。

戴安安：

晚上好！

今天我突然疑惑，当初我俩是怎么对上眼的？你是辣椒，直接，刚烈，我是白糖，味道单一，吃多就发腻，我俩理应是八辈子不会交集的人，可我俩竟一起生活八年？

当然，如果说我俩这八年没交集过还真不靠谱！记不记得，我俩还真融合过一次。那是前年中秋夜，我俩把月饼挖空，将葡萄干杏仁什么的，淋上用红酒、巧克力等调制的酱汁，然后放锅上蒸。试验非常成功，这是我长这么大吃过的最美味的月饼，它是我俩共同做的，你给它起名叫"蒸饼红酒果仁碎"。这一晚，是我最最开心的一晚，尽管这一晚过后的第三天，你我便分床而睡。

晚安。

Ps：

这是我给你的最后一封信，刚开始写信是为了报复，可现在这种感觉已经消失，我明白失败的爱情责任需要两个人共同承担，我们最大的失误是早就发现了问题，可谁都没主动地去解决问题，一直拖了下去。

祝愿你开始新人生，新生
活，更祝愿你幸福、快乐。

唐德

　　本打算象征性的写几页，最终却发觉
已无话可写。一股失落感充斥身体。又连续看几遍信后，灵魂
深处某个地方突然嘭的一声爆炸，如打开一瓶好酒后涌出的舒
畅，那股低沉、悲伤、惆怅随着闻到一股美好葡萄酒气味而消
失。我浑身充满干劲，好似重新变回高中时代的那个唐德，一
个人人都喜欢的超级无敌阳光少男。想着想着，我不由自主地
笑起来。咬口月饼放回盘子，躺回沙发闭上眼。

美食狂记事十五
蒸饼红酒果仁碎

　　蒸饼红酒果仁碎是我唐德这辈子最难忘记的一道甜点。

　　它是我与戴安安八年来唯一一道共同创造出的美味，那是在中秋之夜，根据戴安安提议利用月饼和一些果仁烹制的，本以为会失败，没想到吃起来非常有滋味。

　　倘若有时光机器，我一定会选择回到这个中秋夜晚。这道甜点月饼像我们的生活，碎果粒是这些年的分分合合，融合到一起的感觉，就像我们一直期望却从未如此靠近的心。

材料：

月饼三块

果仁半碗

玉米粒半碟

巧克力一块

红酒一杯

葡萄三枚

果酱适量

白糖适量

盐适量

制作方法：

步骤1：准备月饼二至三块，用旋转刀从月饼的一面挖空，挖出一个圆形，但不要挖透，将其泡入红酒内浸十五分钟。

步骤2：将果仁、巧克力、玉米粒放入打碎机弄成小颗粒状，用适量红酒腌制搅拌均匀，备用。

步骤3：长柄小奶锅内加入半杯水，加入适量白糖、果酱和腌制月饼的红酒，用小火慢慢熬稠，成糖浆状最佳。

步骤4：将步骤2调好的馅装入挖空的月饼内，可以填入多一些，成小山状最为好看，淋上步骤3中熬制的汁，最好用小汤勺一点点地淋均匀。

步骤5：放入蒸锅蒸十二至十五分钟。出锅后，将剥皮的葡萄放到果仁碎上做装饰。

二十四 秋刀鱼之味

　　我突然接到卢翘翘的电话，不敢相信，卢翘翘这档子事会造成这么大的影响。小三的破坏力的确够强。事实上，如果卢翘翘真该被按上婊子的骂名，那么也应该送给阿肯一个浑蛋的称号。而阿肯他老婆张凯娜就是洋葱，只有对她剥一层皮后才能看到真实面目。

　　半个小时后卢翘翘就哭哭啼啼地坐在我面前，给我讲张凯娜将她堵在酒店门口抽她耳光的事。她拿着面纸擦下鼻子，"我知道是我不对，可我没要求阿肯离婚啊，真的，我只是想和一个老朋友聚一下，你知道的，在很多情况下，很多事情不能随便说给人听，阿肯是最适合的人选，所以我去找他说心里话……"

　　听她这么说，我有点鄙夷她。聚到床上去的聚会还能叫聚会吗？男人打女人耳光绝对是天底下最过分的事儿，女人打女人耳光那要就事论事，正品夫人给小妾一嘴巴某些时候是嫉妒心作祟，而正版老婆朝害她家破情亡的狐狸精搧一巴掌，就有点理所当然的味道，这样的事儿电视电影里不是常发生嘛。

她抽出面纸擦下鼻涕，用手摸着左脸，"给我点冰好吗，脸好像越肿越大。"她抽咽几下后叹气，"如果可以重新选项，我一定会嫁给阿肯，阿肯一直是我最爱的人，那时我还小，觉得两个相爱的人做朋友比做爱人更好，嫁给最爱的那个男人，我怕迷失自己失掉理智，最终失去自我，然后被抛弃，嫁给一个我不是很爱的男人，我就可以保留理智，掌握主动权。"

她给我一个出乎意料的解释，原来不是她变心，而是她怕和阿肯间的爱情经受不住岁月打磨，所以她才选择和不是最爱的那个男人结婚。只是世事难料，她这份占有主动权的感情最终还是出了问题，而且问题不在她。然后，阿肯的婚姻也出现问题，难道这就是女人嫁给不是她最爱的那个男人后的最终结局？

我将冰块递给卢翘翘，这时她手机响起来，她马上接起来肉麻地喊，"阿肯——"

电话里传出阿肯的声音，很不对劲，他不像是说话，而是大哭。我侧过身贴过去，阿肯在电话那边哭边说："呜呜呜呜，我老婆吃安眠药自杀啦……"

我匆匆奔赴现场。医院走廊上，双手抱头的阿肯，头发乱糟糟的，眼睛红红的，大概刚哭过，"医生还没出来，还在抢救！"他看着卢翘翘。

卢翘翘也盯着阿肯，没说一句话，脸似乎更肿了。

我盯着"急救中，闲人免进"几个大字，这是我这辈子第二次在这样的场合等人，第一次是我妈，也是在急救中，我也是坐在外面期望着一个好消息，可最终却得到一条世界上最坏的消息。在最后时刻我几乎是亲眼看着她断气的，那时我妈被病魔折磨的迅速苍老，她自己也说死是种解脱。此刻，虽然阿肯老婆不是我老妈，可老妈离去时的感觉再次侵袭我，身体是那么无力且沉重，就像掉进黑洞，看不到方向，恐惧、害怕还有残缺感让我不得不扶着凳子才能稳定自己不瘫软。

是戴安安搀着我出来的，她和詹望一块来的医院，她看到我的糟糕状态后，就拉着我走到院子内的走廊上，我才回过神。

"没事的！"她说。

我看她一眼，差点将头埋到她肩上痛哭一场，只是有个声音提醒我：你们分手了，你们已经分手……努力控制住情绪，将眼光从她身上、从她眼睛上移开，可我无法控制自己不去看她。于是强制自己低着头给戴安安说卢翘翘和阿肯的事儿，说我的童年、我曾经的初高中的辉煌史，还有我那自嘲半辈子的老妈，倔脾气的精神病医生老爸，还有我在急诊室外等老妈消息的事，说着说着，我突然无比怀念与父母在一块的日子。可我再也见不到老妈。

戴安安轻轻推下我的肩膀，给我一个安慰的笑。

看着她，我有很多很多话要说，可一句话也说不出来。就在这时，金牧喊着我的名字跑过来，"原来你们在这里啊，凯娜没事了，医生说再睡二十多个小时就能醒来，阿肯让我们先离开，等醒后会电话我们。"

"我们一块去吃个饭吧。"我提议。

金牧看看我身边的戴安安，摇摇头，"不了，我得赶回去，今天还有事要处理。"

金牧离开后，我问戴安安，"我们去哪里吃饭？"

"这问题你来定吧，我可是跟着一个餐饮界的大人物呢。"她又开始讽刺我，抑或是我太敏感？

我并不打算计较，也不想再去计较，身体根本没那个力气，只是想随便和她吃顿饭，然后各回各家。大致考虑下附近可供选择的餐厅，最后决定去"黑松白鹿"[1]。

拦下一辆出租车，犹豫一下，决定坐在前排位置上，她坐在后排。我们路上聊着这几天关于阿肯和张凯娜的事，并计划每天电话与阿肯沟通近况，每天有一个人来医院轮流值班看护。接下来，我俩一路沉默。

四十分钟后，我点了生鱼片、三文鱼寿司、蔬菜天妇罗、烤鳗鱼和酸奶，还有秋刀鱼。在等着送菜的时候，她喝了口花茶，"好点了吗？"

我点头。

她吹着茶杯里的茉莉花，"我现在才知道我妈为何让我嫁给你，你人真的很善良，你是极少数会为朋友家的事难过流泪的男人。"

我的感情并不是她的游乐场，她不应该在我好不容易平静下来后，在我刚修补好的生活里再炸出个大窟窿，然后做些贴狗皮膏药的事。

我气恼地把茶杯往桌子上一放，"你别假惺惺好不好？从一开始你就没打算嫁给我！"

"你也没打算娶我。"

"我想过娶你。"

"可你不敢娶!"

"我敢!"

"你敢?你就是嘴硬,其实你一直是个胆小鬼!"

我嗖的一下站起来,"你再说一遍!"

"你,就是你,唐德,你是胆小鬼!"她一口吐一个字。

餐厅的人都看着我俩。

"我不是!"

我激动地将茶杯打翻,她站起来接住要滚下去的杯子。

"还好我俩没结婚,否则我不是患心脏病就是高血压,反正没好下场!"把屁股丢到椅子上,我的脑袋宛如一顶刚被敲打过的铜锣,低头看着桌子,一片混乱。我终于说出心里话,可感觉更糟。

"这饭没法吃了!"她嗖地站起身,"和你见面我就心肌梗塞!"

戴安安就这么丢下我离开。走到门口时,她扭头看我一眼,正好对上眼神。我看到她哭了。那眼神弄得我感觉自己像一大桶冒着泡沫的劣质啤酒令人厌恶无比。看来我俩这辈子再也无法平静地面对,最好的解决办法或许就是不见不烦。秋刀鱼这时送上来,烤的有些发老,但鱼身依然坚挺,看着鱼身,我想,在我们最初的几年,我对戴安安而言大概就如秋刀鱼的脂肪,虽然肥厚,却属于良性胆醇,她乐意用筷子和手同时撕裂鱼皮吃到精华,如今我在她眼里已不算秋刀鱼,她早慢慢放弃我,开始寻找适合她吃一辈子的另一条鱼。

其他菜也陆续上来,又点壶清酒。可吃几口后,发现戴安安的离开带走了食欲,我失去吃的欲望。

1 黑松白鹿:一家日式自助料理店。

二十五　煎蛋效应

　　我正在教刚出院的张凯娜做"蘑菇煎蛋"，这道菜自从大学时代就很受欢迎，非常意大利式，准备两到三个鸡蛋将蛋清和蛋黄分开后，加入蒜香味面包屑、帕尔玛干酪粒和新鲜香葱末，倒入煎锅与用黄油炒过的碎香菇粒、有切口的大蒜一同煎至蛋液凝固。

　　在我三十岁的生命里，除这道蘑菇煎蛋外，另还有两种煎蛋让我终生难忘，分别是鸡蛋炒鲜奶和溜蛋黄。一般我只把"鸡蛋炒鲜奶"当早饭，从小学到高中我妈常做给我吃，至于溜蛋黄则是我爸的拿手菜！我爸和我妈针锋相对一辈子，从我们家的家具摆向，到新年走亲戚的先后顺序，都会较真一番，现在你明白了吧！我妈用蛋清做菜给我当早饭，我爸就用蛋黄做盒饭给我当午餐，整个青春时代，我活在蛋清与蛋黄两个世界里。

　　张凯娜冷冷地看着我，好似正凝视一个仇人或观察一个神经病，若不是想讨好她弥补之前站错立场的事，我真的不愿意站在这里。从一开始她对我的第一印象就不怎么样，自从隐瞒卢翘翘与阿肯事件后，我的形象就变得更差劲，她认定如果不是我在中间当类似老鸨的角色，阿肯早就先知先觉地返回她身边。

张凯娜开口说话，"阿肯应该好好地向你学学做菜的本事！"她说的很平淡，表情却耿耿于怀。

我干笑两声，"阿肯那双手是给人雕刻面孔的，如果让他碰厨房，屈才！"

"也是，人有人的命，手也有手的命。"她说。

我还是被羞辱了。

我以最快速度把蘑菇煎蛋装进盘子，"我去喝杯酒！"然后将打扫厨房和洗碗的活留给她。

带着无处发泄的郁闷，我偷偷潜伏到阿肯书房，在酒柜前停下，依照我对阿肯的了解，他最好的酒一定藏在最下层酒架。弯身抽出一瓶酒，当我看到酒标后，激动的近乎狂呼出声，一款二〇〇五年的奔富707红酒[1]，这可是绝佳的报复阿肯他们两口子的对象！

开启一款好红酒的时刻不亚于一场法式深吻，从你砰的拔出酒塞那一刹那，你的嘴唇就干燥起来，舌头开始分泌出贪欲的液体，看瓶塞上的酒渍就如凝视你面前的那个或秀丽甜美或热情如火的女孩，当你用鼻子开始深嗅瓶塞就像轻抚的黑发拂过脸颊，你舌尖触碰和舔噬酒塞，然后用指头将酒瓶口的带着橡木气息的酒液擦拭出，随着味蕾的刺激和唾液的蠕动，最终它们流向喉咙深处后，这场与红酒之吻尚是最初的开始。

第一杯酒要发动口腔的温柔感悟它的质感和滋味，此刻的你最好闭上眼开始做无目的的狂想，是交响曲还是诗句？这在于你的感悟。至于第二杯酒，最好停下三四分钟时间，让嘴巴里的酒液完全经口腔消化至细胞后再喝，这是最棒的阶梯式的品酒规则。

放下酒杯，带着意犹未尽的味蕾藏好酒，我返回客厅。詹望正摆弄着阿肯新买的JEFF ROWIAND音响[2]，并将自己最新款的黑莓手机连接上去播放音乐，帕格尼尼小提琴曲响起后竟将一个红酒杯震倒了，"靠，奶奶的，无敌！"他扭头对从身边走过的阿肯说。

阿肯此刻正穿着围裙戴着帽子端着一盘刚腌制好的鸡腿，准备去露台上做烧烤。在一个多星期前，他绝对是另外一副模样，陪着另一个他想为之抛弃所有的女人，而现在他成了一个对老婆言听计从、亲手为老婆做烧烤的男人，他或许每天会很累，但绝对的忠诚。

"我也要买一套！"詹望对阿肯说。

我好奇地问詹望，"你家那套坏啦？"

他回答说淘汰呗，语气轻松的好似扔掉一颗糖。我越看他越不顺眼，恨不得立刻返回书房，将剩余的酒喝个干净。但最终我决定带着一股报复成功的得意表情跟着阿肯去阳台。

阳台上，我看到红彤彤的炭火，心不由得像猫抓般痒痒，想夺过酱刷挥舞几下，于是很献媚地过去帮忙，却被阿肯挥手赶走，我转身后正好和张凯娜打个照面，她径直走过去踩了我一脚，连个抱歉的眼神也没有。

我心里很不是滋味，在他们夫妻俩的这场第三者风波里我只是个小配角，却要承受主角要受的侮辱，被张凯娜排斥，似乎连阿肯都不待见我。将露台上的门摔上并反锁后，我有股转身离开的念头。可想想还剩一分钟就可接着喝的奔富707，我将冲动强忍下来。

客厅空无一人，充斥着音乐声，詹望大概去洗手间了，我坐在沙发上随手拿起他的黑莓手机玩弄，本想换首歌曲，不小心触碰到信息箱，在我准备返回时却看到戴安安的名字，好奇心作祟下我打开短信：詹望，非常感谢你写了九年情书给我，现在差不多也该收尾啦，结果并没有像我预料中的那样，情况反而更糟，我对下一步要干什么非常迷茫，但有一点很肯定，你应该找到适合你的Ms.Right，不过她绝不是我，祝福你。

真是好奇害死猫！

亲密哥们儿背地里给我女朋友写了九年情书，他们还在我生日前一天勾勾搭搭。纵使我和戴安安如今已分手，天下所有男人都可以去骚扰她，但绝对不允许我的好朋友出现在此行列，就是全世界所有雌性都死翘翘，也绝对禁止。

我带着满腔能蒸干太平洋的怒火，一脚踹在洗手间门上，"詹望，你给我滚出来！"

我满脑子只有狠狠揍詹望的念头。我是多么坚信和他之间的友谊，曾多少次每开一瓶新红酒必然喊上他啊，又多少次在聚会上放任他和戴安安同处一室啊，还有他詹望半夜来我家发酒疯说爱上一个不能爱的人，当时我是怎么安慰他的?! 答应会和他共享女人！

当我气得有点眩晕时，詹望嘟囔着打开门，甩着手上的水问我，"地震了还是火灾啊？我差点被你吓的小便回流！"

我没用语言回他，上去直接敬他一拳头，他捂着肚子蹲下

来，看我又扑过去，"唐德，有理说理，你今天不给我说清楚，咱就没完！"

"我们已经说不清了，从你背着我和戴安安勾搭上，我们完了！"我愤怒地向他胸口打去。

他一把抓住我的拳头，"什么？戴安安？"他瞪着眼睛像看见一头翼龙一样盯着我，"你……"

我不给他任何反应的机会，猛抽回拳直捣腹部。

"哥们儿，到底怎么了？"

"你最清楚！还是兄弟吗？我今天算是看清你这个专挖哥们儿墙角的兄弟！为女人插哥们儿两刀的兄弟！"

他先一愣，而后躲闪开我打过去的一拳，"你凭什么得到她？我比你认识她还更早呢！"他终于说出了让我一直蒙在鼓里的事实！

他朝我冲过来，一拳挥在我右肩，"你别逼我出手，我可是练过拳击的！"

我猛扑过去，抱住他脖子，给他脑袋上两下，"我没你这样的哥们儿！"

他朝我腹部来几拳后，我疼得松开，他向后撤身，"你配不上她！"他挺身向我扑来。

我撞到沙发后摔在地上，迅速爬起来，冲过去抱住他的腰，猛力把他掀翻在地，"你配得上她，对吧？可惜她没选你！"

他挥舞一拳抡到我头上，我眼冒金星，他趁机把我推开，"我不明白我哪点不如你！你他妈的真以为自己变聪明了？你是个屁，你屁也不是，实话告诉你，你这冲动的脾气就不是成生

■ ■ ■ ■ ■ ■ ■ ■ ■ ■ 美食狂失恋记事本 ■ ■ ■ ■ ■

意的料!"

詹望又一猛拳打到我胸上,我疼得护胸。如果不是刚才跪在他身上,我倒地后瞬间就能起身,现在可好,我跪着的双腿被自己的身体压住。

他一腿跪在我身上,然后在肩膀上擦擦左脸颊,"唐德,你是我见过的最白痴的蠢货,我怎么交了个你这样的朋友!"

"呸!"我朝他吐口水,"你这个撬人女朋友的浑蛋,兔子还不吃窝边草呢,我瞎眼了!从你喜欢上戴安安那刻,我俩就不是朋友!"

"哈,那我俩从开始就不是朋友了,我比你先认识戴安安,我一见到戴安安就喜欢上了,怎么着?"

我用力挣扎几下,他更用力地固定住我,"你他妈的不得好死!"我骂他。

"嘿,你就骂吧,反正有你后悔的。"

听他口气,我就知道,骂下去就要挨拳头,形势不利的情况下,只能在心里咒骂他八辈祖宗。

"你听着,唐德,哪怕你是个大白痴,低能儿智障,这话我也只说一遍,"他严肃地看着我,"我从没和戴安安上过床,如果不是戴安安要求我配合演戏,你永远也不会知道我喜欢戴安安!我和她从来没有深入交往过,更不可能深入交往,因为你是我最好的哥们儿,因为戴安安那么爱你——"他附在我耳朵上大喊着,右耳瞬间失聪了。

我一下蒙住,脑袋一团乱麻,竭尽全力找出关键点,"她让你配合演戏……你没睡过她……我不明白你意思……"

詹望讽刺地大笑,"哈哈哈,既然你要知道答案,那我就全盘托出，让你死个明白！你们在第一百零二次分手后，戴安安找我帮忙，拜托我按照一个制订好的提纲写假情书，假扮一个暗恋她的情人，说服我的理由很简单，她说如果你和唐德是好哥们儿，那就和她携手一同改造你，帮助你寻找人生方向，让你变得成熟起来！你可能认为，你热爱美食、享受生活，有自己喜欢的工作，但你想没想过当一个女人要托付终生给你，却又不敢下决心，你知道这是什么原因吗？"

我茫然地摇摇头，截至现在，这是我这辈子最不敢相信自己耳朵的一次，这个事实把我劈得满脑金星，晕头转向。

"她害怕自己到五十岁时还和一个心智没长大的老头子生活！这八年来你从没给过她安全感，何况结婚后呢?!"他朝我肩上打了一拳，"如果不是因为她是你的女朋友，我早就想抢走她了！"

"你敢?!"

"嘿，你主动放弃了戴安安的话，我当然会珍惜机会。我是个比你理智的人，所以才没冲动地去追戴安安，后来听金牧说你想接手一家餐厅后，我立刻明白你已有所改变，不再是以前的那个唐德，尽管这不是戴安安当初所计划的那样，但最终的结果都一样！白痴！"

我没回敬他什么，继续听下去。

詹望接着说，"你这个蠢蛋，怀恨在心算计着报复戴安安，在大学同学聚会上还扬言将戴安安的艳照发到网上，当得知这个消息后，我当时就想告诉你真相，就在这时戴安安给我打来电话，说对你彻底死心，希望我找机会帮她将照片从你电脑里清除掉，所以生日那天你的电脑就坏了！"

"操你大爷，你是故意毁了我所有文件！"

"活该！"他疑惑片刻问我，"你是怎么知道戴安安和我……"

"……不小心看了你的手机。"

"哈哈，太有趣了，没想到真相竟然从这儿被揭开！"他露出不可置信的神情，"其实你生日前天，我忍不住问戴安安自己有没有机会，她就用这短信委婉拒绝我，而你却……哈哈，太有意思了！"

我不想盯着詹望，但他的冷笑提醒着我这不是个梦。于是我侧过头，却看到阿肯和张凯娜紧贴露台玻璃门的脸。

詹望继续说，"当你请我们去泡温泉后，我就立刻想告诉戴安安你的变化，可我又不甘，凭什么你是那个幸运的人？我哪里不如你？犹豫了几天后还是去找戴安安，因为我不忍看到一个为你付出如此多的女人心中永远留有伤口，戴安安听我说后当时哭了，那时我以为你俩会很快复合，谁知几天后她请求我将秘密带到坟墓，她说唐德已经不是原来的唐德，从一个小唐德变成大唐德，应该有一个更好的女人，她也要开始新生活，彼此互不相干……"

这对我的冲击不亚于地球上的所有餐厅、美食、红酒、厨具一同消失，我一向认为自己比戴安安爱的多，从真实情况来看，她比我爱她爱得更深，我用力拍打自己的脑袋，直到自己头晕脑涨、金星一圈一圈闪。

这时有人按门铃，詹望朝我左胸上打两拳后才起身，我痛得蜷缩着身体，内心深处希望詹望再打我几拳，将我打成白痴最好。

"我错过了什么？"我听到金牧的声音。

我看到詹望又去打开露台上的门，阿肯和张凯娜冲进来，"你们俩疯了啊！"阿肯大喊着跑过来扶我起身。

他将我拖到沙发上，这时张凯娜关掉播放着流行歌曲《大龄文艺未婚女青年之歌》的音响，并从连接线上拔掉手机。然后她居高临下地盯着我看一会儿后，扑哧笑了。

"唐德，不会是你爱上詹望，詹望不接受你就恼羞成怒吧?！"张凯娜调侃我们。

"呸！""呸！"我和詹望几乎同时啐她。

此刻，我想找个地方冷静一下，好好梳理一下糨糊般的脑袋，起身和他们告别，并谢绝金牧开车送我的好意。临出门前我告诉他们书房那瓶奔富707尚需有人光顾，我看到阿肯脸上浮现着抓狂、隐忍与疼痛，最后凝聚成一副哭笑不得的表情。

在楼下走一会儿后，上了辆出租车，司机好心问我要不要去医院，我让司机开往戴安安的住所。这是我现在必须要做的一件事，告诉戴安安我爱她，我要和她和好，我要和她结婚，我要和她生几个孩子，我可以当牛当马，只要她愿意回到我身边，哪怕烧掉我的厨房，扔掉储食室，让我干什么都愿意。

她会愿意回来吗？

我想起詹望告诉我的戴安安想开始新生活的话，还想起中秋节那天戴安安说自己很快结婚的计划，还有她诅咒与我再见面就心肌梗塞的事，突然醒悟戴安安已不再爱我，她早就彻底放下和我的这份感情。她诅咒自己心肌梗塞是为堵掉自己的回头路，她告诉詹望要开始新生活就是堵塞我的退回路，她要和别的男人结婚就是切断瓜葛。

一阵眩晕感后，我终于明白弄丢了什么。

此刻，我多么想关闭掉脑袋，多么渴望没有想通，我又狠狠地朝脑袋打一巴掌，在轰鸣声中告诉司机调头回自己家的方向。

1 奔富707红酒：经过一百五十多年的辉煌，奔富Penfolds已成为澳大利亚最著名的葡萄酒，Penfolds BIN 707系列是奔富酒的杰出代表，它有着深沉浓郁的红色液体，香氛带着醇浓的黑醋栗果香，入口如熟女般强劲而复杂，丰饶醇浓的黑醋栗果香夹带着薄荷清新气息，非常耐人寻味。奔富BIN系列是国际葡萄酒界公认的最高级佳酿的典范。

2 JEFF ROWIAND音响：受高水准音响爱好者喜欢的一个美国著名品牌，以重装甲的外壳和造型，搭配纯美快速、柔润动听的声音享誉世界。

美食狂记事十六
蘑菇煎蛋

在我三十岁的生命里，蘑菇煎蛋有着特别的含义。

它是我唐德"做蛋生涯"里烹饪次数最多的，是大学刚毕业那会儿，给戴安安做的一顿备受赞美的早餐，也是参加任何聚会都会获得最佳奥斯卡男配角的菜。

蘑菇煎蛋做起来非常方便，这个可当主食又可当菜吃的美味，是款适合早中晚的百搭餐。

材料：

香菇四或五朵

鸡蛋三或四个

面包糠半碟

大蒜三瓣

香葱一根

黄油一块

盐适量

绵白糖适量

干酪丝适量

制作方法：

步骤1：将鸡蛋的蛋清和蛋黄分别打到不同碗内。

步骤2：两碗内分别加入盐、绵白糖和面包糠，搅打至蛋液完全融合。

步骤3：将香菇用温水泡开，去除根蒂，将香菇横切成两片，然后切成碎粒。锅内加入一块黄油和三瓣切开小口的大蒜。在大蒜身上划出一些纵横交错的纹路，这样就容易使蒜香散发出迷人气息，而且方便取出丢掉。待黄油融化且出蒜香味后，放入切碎的香菇粒，用小火煸制。

步骤4：香菇粒快熟后，捞出大蒜，把蛋清和蛋黄分别淋在锅两边，改中火煎制熟，撒上干酪丝、香葱粒或水果颗粒，还可撒上香菜粒、杏仁末或苹果醋加草莓酱调成的酱汁。一份轻轻松松的美味就完成，开始犒劳胃口吧！

二十六 鸿门宴惊魂

　　这一个月来，我在另一条路上行走，做了很多积极的事：去阿肯整形中心缝了眼角，修养身体，去和安先生签合同，去健身房锻炼身体，与詹望握手言和，每周和老爸通电话等等。朋友们也很自觉不在我面前提戴安安的名字，潜意识里我也将她屏蔽掉。然而每当我独处在家，对戴安安的思念总是挥之不去。在我的家里，她似乎无处不在，床、沙发、洗手间、阳台、甚至楼道。我最大限度的不待在家里，去农贸市场，出去采访，健身，晚上和朋友玩乐。我会在某好友家的沙发上睡一夜，过一个不受幻象侵袭的夜晚。我知道需要很长时间才能修补这个塌陷，不过在外人看来，唐德变得更有事业心，生活态度也更积极。

　　那个电话是前天晚上打来的，是戴安安她妈让我去给她过生日。看情况戴安安并没告诉老太太她和我分手的事，她妈妈的意思很直接，好久没见我，在她生日这天务必过去，并指定我带一个去年送她的生日蛋糕。我想起上次戴安安接到我老爸突然打给她电话后的情景，这是种很奇怪的感觉，和一个相爱多年的人分手，双方家长还不知道你们分手的事。发呆几秒后，如戴安安曾经接到电话后的反应，我也决定给她帮个忙，答应赴约，并提前祝老太太福寿安康。

拎着提前从泰笛黛斯蛋糕坊[1]定制的双层四口味的乳酪慕斯巧克力水果蛋糕下车，我在胡同口整理下领带裤子，刚走几步就看到牵着小侄子出门的戴安安，"你怎么来了？"她被我的出现吓了一跳。她将"你"音发的很重，好似她哪天翻开报纸突然发现一个熟人成为头号通缉犯一样吃惊，我不想夸大其词地说她的反应，如果我老爸没和我商量就邀请前女友来家里做客，我也会如此紧张。

"阿姨打电话说她生日，让我过来！"随后我又补充一句，"放心，我没恶意，上次我爸来时你帮了我，这次算我帮你。"

她似乎觉得太突然，有些失神，"唐德……"

我拍拍她侄子的脑袋后走进院子。已经几个月没来这里，院子里还是堆满一盆盆花花草草，还有一些似乎刚清理出来的破旧家具、画框、装饰品。我刚进屋，老太太便冲我伸出手，"来，来，来！唐德，我们正说你呢。"

我很高兴再次见到这个差点成为我岳母的老太太，我送上我定制的生日蛋糕和吉祥的祝福话，坐在老太太指着的椅子上。在老太太身边围绕着戴安安的大哥二哥三哥及各自的老婆，还有其他几个人。

和老太太聊会儿后，我就将咬着奶嘴的小家伙抱到肩上做旋转，惹得他哈哈大笑。接着我和戴安安二哥家小女孩玩起向嘴巴里扔葡萄干的游戏，在被她砸四次眼睛和抓一把撒脑袋上后，我便找机会躲开了。这时大哥家的那个小伙子蹭过来，我们聊了会儿他的大学生活，他突然要我讲讲和他小姑间的爱情故事，这下可热闹起来，不仅戴安安的嫂子们有兴趣听，连老太太也掺和进来。

我只好硬着头皮说第一次遇到戴安安的情景，说到戴安安是咬着馅饼和我碰面，大家都哈哈大笑起来。在我说到给戴安安做饭当赔礼道歉时，她二哥说，唐德啊，这么多年你也就有这个本事啊。这弄得我很尴尬，不过还好大家都将此当做个笑话来听。

在我准备接着讲时，戴安安她三嫂插话说："唐德啊，你和安安什么时候结婚？我们的红包早就准备好了，准备吃喜糖呢。"

这么一说，老太太也来劲，"是啊，唐德，你们俩早该定个日期了，要不今天就讨论下吧。"

看着大家期待的眼神，我真不忍心骗他们，可如果不给个答案的话，他们誓不罢休。就在我赔着笑脸想着怎么回答时，戴安安在我身后说："这事儿不是随口能定的，我和唐德再商量下，大家先吃蛋糕吧。"

还是她高明，一句话惹得所有侄子辈们欢呼起来，我朝她送去个感激眼神，她点头朝我微微一笑。

我将蛋糕放到中间大桌子上，几个小家伙解绳拆盒插蜡烛，由大儿子点燃蜡烛后，大家一致决定由我这个"新女婿"领头唱生日歌。本以为杀机重重的鸿门宴此刻却演绎成一派祥和的子女齐贺寿宴。我欢喜地当回领唱，等大家随我一同唱完生日快乐，老太太竟双手祈祷闭眼许下愿，然后才吹灭蛋糕。

屋里瞬间一片漆黑，感觉戴安安拉我一把后，附在我耳边说，"谢谢你，找机会你先撤吧。"

也是，最主要的关键阶段已过，现在该是找机会溜了，免得被大家发现什么破绽。灯亮起来，老太太重新坐下，看着我和戴安安说，"今年只许一个愿，就是关于你俩的，希望你们年底能把事给办了，我知道你们年轻人现在喜欢玩，不喜欢受束缚，不过这婚姻啊还是要认真对待，你们都处这么多年了，早该结了。"

我看看周围，大家也都看着我和戴安安。

老太太又说，"你们有什么打算？晚婚的话生孩子对身体不好！"

戴安安说出进屋以来的第二句话，"妈，我们不要孩子。"

老太太一下子慌起来，急切地问："为什么不要？是唐德不想要还是你不想？难道你身体有问题？"

天哪，老太太竟然开始抹泪，她身边的三个儿子都怒瞪着我，看来他们也把我这么久还没娶戴安安归结为我嫌弃戴安安无法生育，我不由得慌张，张口想解释。

被吓傻的戴安安却先开口，"妈，我们身体都没事儿。"

"真的？你别骗我啊，如果不是这样，那么多年了你俩怎么还不结婚？"说着她绕有意味地打量我一眼，"一定是唐德嫌弃你，是不是？"像是肯定自己的猜测很正确，老太太似乎入魔，冲我说，"唐德，你放心！我们不会强迫你娶我家安安，你不娶安安，有人会娶！"

戴安安比我崩溃，"好吧，好吧，我告诉你们真相，我和唐

德分手啦，行了吧?"

　　大家被这个消息惊得目瞪口呆，几秒不到就有几双眼睛虎视眈眈地瞅上我，看来我的出现不仅把老太太的生日宴弄砸了，从所有人看我的表情来推测，他们都认为是我一脚踢走他们的宝贝戴安安。瞬间我成了一个背信弃义的绝情王八蛋，一个万人唾弃的陈世美。老太太由吃惊转到继续抹着泪，我看到戴安安的三个哥哥义愤填膺地握紧拳头和怒火中烧的眼神，还有她大侄子恶狠狠地正伸向水果刀的手。

　　"情况不是你们想的那样，反正也没我事了，我……我先走了!"说完，立刻转身撒腿朝门外跑。

　　跑到大门口却与来人撞个正着，待我看清是谁后，立刻猜测到一个大致情况。原来戴安安今晚要介绍给大家的是这个叫贾明斯的男人，我的出现不仅打乱她的计划，还给她带来一个无法收场的结局。

　　"嗨，巧啊!"他倒是挺相熟地打招呼。

　　我没搭理他，从他侧边跻身跑出大门，朝胡同外快跑。出胡同又跑一百米左右后才停下来回头看，发现并没有人追出来，这才停下喘口气。

　　应该有人多写几首关于情敌狭路相逢的歌，这个世界上应该每天都有这样的事情发生。像情夫将第四者捉奸在床，情敌是俩好友;情敌彼此间是上司和下属关系，再或者警察和黑帮老大是情敌、政客和娱乐明星是情敌之类等等，还有我现在的这种情况，俩红酒高手是情敌的歌曲，歌词差不多应该是"情敌情敌是炸药……"

我想着这个话题继续向前走，路过一家必胜客和牛扒工厂，又路过一家巴西烤肉，最后我决定去三里屯最适合喝酒的Apothecary Bar²给自己灌杯Springbank³，然后将今晚的事告一段落。毕竟我是好心过来帮忙，还花上一笔钱送了蛋糕，又在两个小时内消耗了智力和体力逗别人开心，将心比心的想将事情做的完美，可我不是命运女神，最终结局实在非我所掌控，就是戴安安不抖出我和她已经分手的事儿，那贾明斯来后结果依然会如此。也就是说，无论怎么做，用何种方式补救，我和戴安安的分手事实都会揭穿，只不过一个提前发生，一个接踵而来，间隙片刻而已。

　　所以，我不是一个罪魁祸首，我应该承担的责任已经扛起来，应该提供的协助也给予支持，事至如此，我只能祝福戴安安。结局早已定，谁也斗不过老天。

　　1 泰笛黛斯蛋糕坊：一家连锁糕点坊，乳酪蛋糕与提拉米苏是它们的招牌。

　　2 Apothecary Bar：坐落在三里屯的一家秘制鸡尾酒和烈酒的酒吧，这里还是公认的高品质pub food的出产地。

　　3 Springbank：中文称云顶，是高水准单一麦芽威士的代表之一，口感甜润，细品会有海藻和橡木的味道，终感悠长，爽滑。

二十七 小心芥末

　　一直以来，我尽可能地主动品尝，并通过一些味道发泄情绪。我用喝醋后的酸抵抗肉体渴望，借剁椒酱的辣回味热情，用生吃蒲公英的苦提醒自我奋进，以甜腻的蜂蜜安抚恐慌情绪。但当有一天，被迫吃下一种并非我主动尝试的味道，我突然醒悟，原来世界上的每种单独味道都是缺一只眼的美女，要想尝的更美，味道与味道的融合就不能停止。

　　与李雪莉约在Aria餐厅[1]见面，我准备花费一大番口舌和她说昨天的生日事件。自菜肴上来，当我看到她舒展开的胃口和硬要外带的餐前面包，我就决定将谈论推后，保持餐桌上吃饭的美妙时光可是比火星撞地球的来临更重要。

　　餐后，当我告诉她整个事件后，她劝我说，"既然戴安安家里已经知道了，她也要结婚了，你更不能去打扰她，你要像她希望的那样，做一个长大的唐德，近段时间将心思放在怎么装修餐厅的事上。"

　　与雪莉的这番交谈让我肯定一件事，既然事情已不可挽回，那就要向戴安安曾经所期待的那样：好好地活着，做一个成熟的大唐德，敢于面对困难的大唐德，不再纠缠不止的大唐德，在掐死自己的疼痛中也要真心祝福她的大唐德。

出租车上，雪莉从包里掏出一个纸盒子递给我，"提前预祝你开业大吉！这是我用前厨师男友给我的秘方制作的一罐芥末酱，做好后我只吃过一次就终生难忘，现在把剩余的酱和秘方都送给你，算是我的礼物吧。"

尽管姿势很不方便，我还是拥抱了雪莉向她表示浓浓谢意，这是我迄今为止收到的最贵重礼物。对于一个活在厨房世界的人而言，一种饮食秘方是无价的，它靠时间、机遇和努力方能获取一句话或几十个字，雪莉将它作为一个礼物送给我，这让我感动得不知说什么好。

"谢谢你，作为报答，你以后到我的餐厅吃饭全部免费！"我抱着礼物盒激动地说。

雪莉开心地大笑，"我看还是半价最好，否则我还真没脸常去呢！"

有时候就是这样。那些保持良好友谊的单身男女并不一定非要思考"我最终会不会和对方恋爱"，在很多很多种的可能性中，彼此能继续做朋友，就是有史以来最不可思议的两性关系，我和雪梨之间就存在着这种不可思议的关系，不是暧昧，也不全是友谊，而是一种在最郁闷、最无聊、最悲伤的时刻，会找彼此诉说的心灵朋友。

回去的出租车上，我们聊下个星期的健身计划，谈她和新男朋友昨天滑稽的超市偷泡泡糖事件，聊她养的猫得了感冒症和所有动物的感冒症，然后我们回到我家。

在我曾品尝过的各种味道中，只有香味的感觉最模糊，在某些时候它代表开心和愉悦，某些时候代表甜蜜和幸福，某些时候还代表着满足和温馨，总之很难为它下一个准确定义。当我给雪莉拿饮料时，看到冰箱内那些有着特殊香味的食物后突然明白，香味应该是我们人类所渴望的终极味道，它能呈现那些无法用语言描述的美好事物和情感，是一切味道之王。和雪莉间关系的最佳形容就是一碗洋溢着香气的粥，粥内可以有牛奶的乳香、花生的浓香、椰浆的鲜香、枸杞子的果香、银耳的甘香，就像我和她目前的关系，无法具体描述，只能回味。

我和雪莉喝着我用余姚杨梅腌制的黄酒，等待熬粥期间，给她展示我为餐厅设计的首套菜单，我刚说完开胃菜，门铃响起。跑过去打开门，看到戴安安的三个哥哥站在门外，脸色一个比一个难看。在我犹豫着要不要邀请他们进屋的时候，他二哥向内探了探头，然后扭头说，"戴建，我看见和唐德在一块的那个狐狸精了！"

我被突发事件吓坏，连忙去关门，但晚了，他们已经冲进来，戴安安她二哥戴立直朝雪莉冲去，吓得她大叫着窜向洗手间并猛地关上门。

戴安安的大哥戴建拍拍我的肩膀，"我们想谈谈戴安安和你的事。"

三个人一左一右一后地包围着我，我也只有答应。

一分钟后，我被五花大绑在椅子上，手和腹部固定在椅背上，双腿和椅面密不可分，勒得生疼的脚紧贴着椅子腿，任我怎么用力扯，也无法动弹，更别说起身。

"唐德，我不想拐弯抹角，直话直说吧，你觉得自己对得起我妹吗?"戴建站在我对面，居高临下地问我。

如果没有一点害怕的话那是假的，我的确害怕，而且是一头雾水的害怕，就像一只装在笼子内完全不知道自己即将被如何烹饪的猴子。在我努力寻找准确字眼形容是我最终对不起戴安安时，戴立朝我脑袋上推了一把，"我妹妹跟了你八年，你就这么把她甩了，你觉得你对得起她吗?"

我被他打怒了，"这是我和戴安安的事，和你们无关!"

"她是我们的妹妹，跟了你八年，你竟然说和我们没关系?"戴安安的三哥满脸愤怒。

在戴立朝我脑袋上抽时，被大哥戴建制止住，"你去厨房看看有没有辣椒，都给我拿过来!"

我立刻明白他们准备对我做什么，浑身发冷起来，想努力挣脱开，可无济于事。这时我听到雪莉从洗手间传来声音，"唐德，你没事吧?"

我想回答没事，可我开不了口。

这时戴立从厨房跑出来，"哥，找不到辣椒，你看这个行吗?"说着递给戴建一个绿色瓶子。

这时我也看清他手里拿的是什么东西。那是刚才雪莉送我的芥末酱，是她根据做日本料理的前男友的秘方制作而成，号称有史以来最呛辣的芥末酱。她曾吃过一次，但没再敢吃第二次。而我刚收到，还没尝到。

戴建拧开盖子，闻下后立刻躲闪开，看他紧皱眉头的样子，就知道被味道呛得厉害，"唐德，我只问一次，你愿不愿意娶我妹妹？"

此刻我脑袋里一片混乱，没有丝毫头绪，"不是我不娶，而是我们早就不可能了！"我努力地稳定住情绪，说出这个事实。

"这就是你的答案啊?!"说着戴建使了个眼色，接着我的脑袋被一双手固定住，嘴巴也被人努力地挤开，无论我用多大力气，脑袋和嘴巴形状都无法变化，就像一个茶壶嘴那样向上开着。戴建便将瓶子口朝我牙齿上磕碰一下，猛然一团呛人凉气出现在口腔内，接着无数芥末因子跑到我嘴巴和喉咙内。

我紧闭牙关拼命阻挡芥末酱的滑动，可已经晚了。这是我的味蕾品尝过的最辣的芥末，我从没发觉这种让寿司和生鱼片变鲜美的酱料是如此有杀伤力，像一颗炮弹爆炸在我的嘴巴、喉咙和鼻腔内。

有生以来，我最最希望味蕾变得迟钝的就是这一刻，我希望有别的疼痛可以替代嘴巴里的呛辣、喉咙的灼烧和眼睛里的泪水，我这辈子所有的唾液和眼泪都在此时汹涌而出，哪怕我前面站头大象也能被淹死，我听到自己似哭非哭的喊叫和干呕声。

在我模糊双眼的惊恐中，我看到戴建又过来，我吐着唾液干呕着呜咽着，拼命地挣脱椅子，可椅子最终只是蹦了两下，然后再也不动。在我叫天不灵叫地不应的时候，背后传来制止声，我扭回头，泪眼模糊中看到戴安安和霏圆一前一后跑进来。

"戴安安——快来救我！"我已经被呛出来的泪水弄得一塌糊涂。

戴安安跑过来，推开她大哥，开始解我身上的绳子，"如果不是听妈说你们过来教训他，我立刻赶过来的话……你们太丢人啦！"她喊着说。

这时戴立说，"戴安安，你先别放开他，那个狐狸精就躲在洗手间呢，你说这样的男人是不是该教训?!"

戴安安解绳的手停下来，她直起身子盯着我。

我连忙解释，"我对天发誓，我和雪莉之间早就清清白白了，我们只是好朋友而已！"

"戴安安，别信她！男人女人间没什么朋友，他们就是一对奸夫淫妇！"戴立用恨不得一炮弹轰飞我的声音大声说。

我被喷了一脸唾沫星子，"你胡说！"

"你们说话别过分了！"雪莉从洗手间探出半边身子，朝我们这边喊着说，"真的！完全是真的！我对天发誓！我和唐德现在只是朋友关系，我和他清清白白！"

她一手举着马桶刷，一手握晾衣竿，从洗手间走出来，冲着戴安安说，"唐德给我说了你们八年来的所有事情，对任何有理智的人来说都不会再插足你俩，八年前唐德大学时代遇到你，七年前一次你们一块去游泳他差点淹死是你救了他，六年前你们在詹望的小屋里过了一夜，还有五年前唐德被骗一个月生活费买条假项链送你，然后是四年前你们搬到这个家时因装修厨房发生争吵，三年前你被自行车撞伤唐德送你去医院又被汽车撞伤，你在两年前有次胖了二十斤后追着唐德打说是他陷害你，还有一年前唐德在他妈坟头喝醉抱着你哭的事儿，还有最近的，几个月前你摔坏唐德二十多个盘子的分手事件，还有，还有包括昨天的事，他去给你母亲过生日却被吓跑出来！"雪莉挥舞着

马桶刷，大口喘气。

戴安安看看雪莉又看看我，"……对我来说，你们清白还是不清白都无所谓！"然后她弯身解开绑在我腰上的绳子，并对身后的霏圆说，"过来帮忙！"

"好！"霏圆似笑非笑地看看我，然后解开绑在我胸前的绳子。

这时她大哥说话了，"戴安安，那大哥问你，你半年前对妈说唐德一定会在三十岁时娶你是瞎编的吗？"

戴安安转头看着我，眼神是那么伤感。这是我事隔这么久以来再次与她对视，她眼红红的，眼周微微发肿，还有两个熊猫眼。她没有发脾气，没有摔东西，更没有哭，但此刻看着她这个样子揪的心更疼。

在悔恨心痛双重折磨下，一个我一直想做而又不敢做的念头冒出来了。我不想再胆怯和退缩，哪怕戴安安说一万遍要过新生活，哪怕她戴安安已和别人领了结婚证，哪怕……哪怕她有了别人的孩子！我唐德宁可当后爸也要把她夺过来。

"是瞎话！"戴安安说。

我大喊，"我说过！"

我和戴安安几乎同时说出口。她看向我，我也看向她。大家疑惑地看着我俩。

我拉住她，"戴安安，我们要好好谈谈！"

"你放开我！"她做出要推打我的样子。

我心想，揍我也行，只要你戴安安甩了那个贾明斯，怎么揍我都行！我抓紧她的衣角，"詹望已经给我说了你让他配合演戏的事，"我又补充，"你就是已经答应了别人的求婚，我也要夺回你！"我拉上她的手，"我今天誓死不松手！"

心里仿佛瞬间充满万丈豪情，我站起身，立刻准备拉着戴安安换个地方谈谈话，刚迈步才想起来脚还被绑在椅子上呢。先是啪的一下跪在地上，椅子快速且重重打在我腰部后，我的上半身不受控制向前倒去，并趴在沙发前的木茶几上，随后茶几另一侧掀起来，并优美地翻个面，最后重重地砸在我脑袋上。膝盖的生疼，腰的酸疼，脑袋的嗡嗡与眼冒金星，还有喉咙里的辣痛，所有痛感袭击过来，我的眼泪又疼出来，不由得咬紧牙关，忍着不让自己哭出声来。

"天啊！"雪莉捂着嘴巴说。

周围两三秒静悄悄，还是霏圆最先理解到此刻谁最痛苦，"你们几个大男人还愣着干吗？赶快将压在唐德身上的桌子搬开啊。"

接着有人搬开我身上的茶几，有人去解绳子，还有其中一个没头脑的蠢货，在我无法翻身的时候硬将我翻个身，我的脚仍绑在椅子上，身子被扭转成奇怪的S形，裤子都快被拉掉了。

我一瘸一拐地拉着戴安安来到卧室，一手揉着膝盖，一手揉着腰，"戴安安，无论如何，我们今天都要说清楚！"说完我拉着一把椅子走到门后，将门反锁，"否则我们谁也别想出门。"

"那你得看看我是否给你这个谈话机会！"

"你只要愿意和我谈，让我做什么都行！"

"是吗？"说着她拿起一个枕头朝我扔过来。

我潜意识想躲，但最终还是闭上眼迎接枕头的袭击，"你打吧！我发誓我唐德任凭戴安安处置，绝不还手！"

我话音刚落，戴安安便大叫着冲过来，抡起拳头朝我身上不停捶打，嘴里不停喊，"我恨你——我恨你——我恨你！"

　　就这么捶打二十几下后，她又夺过我手里的枕头，朝我脑袋上猛地抽打，"我恨死你了——我恨死你了！我恨这张床，恨这张床上发生的一切！"

　　她说着掀起床上的被单床罩和软垫子卷成一团，抱着它在我身上砸几下后，又向后退几步，然后大叫着跳起来向超级球星扣篮那样扔向我。

　　这时我身后响起猛烈的砸门声，大概戴安安的哥哥们以为我俩在打架。

　　戴安安却像没听到，她正冲向衣柜，一把取下几件衬衣，连带着衣服撑子扔向我，然后是我的大衣和裤子，最让我恨得牙痒痒的是竟拿着毛衣朝我身上抽打，如果不是我周围堆积着被子毯子床单垫子什么的，我此刻早应该疼晕过去。

　　感觉外面的人已经拿脚开始踹门，震动着椅子晃几下，她哥哥们此刻恐怕正愤怒的恨不得将我捏碎呢。此刻，戴安安却更发狂，她又去扯窗帘，扯了几下却没扯下来，于是她爬树一样抓着窗帘向下蹲。

　　啪的一声，窗帘和杆子都被扯下来，正好砸在戴安安脑袋上，她捂着脑袋大声骂道，"他妈的，连窗帘也和你是一伙儿的！"说着，她抱着窗帘拉带着杆子冲过来，重重地向我身上砸来，并顺手抓起窗帘杆在我身上敲打几下。在我以为终于结束酷刑时，她"啊——"的一声大叫，狠狠地踩了我一脚，还不忘用力地拧两下。

紧接着，我耳边响起那种完成一项大工程后的轻松拍手声，然后她打开门。

"嗨！"我从床单、衣服、窗帘和枕头中艰难地伸出手，朝他们几个挥挥。

"恐怖！"

"天啊！"

"Oh，My God！"

在所有人都撤出房间后，我推开身上的凶器，忍着几乎要让我跌倒的脚痛关上房门，"现在我们可以开始谈谈了吧?"

"切！"她不屑地吹出一口气，稳定下气息，"好吧，从哪儿开始说?"

"从你恨我开始说吧，你究竟为什么恨我? 你一件件地说，我拿笔记下来，保证以后不再犯。"

"狗是改不了吃屎的！"

"现在的狗都不吃屎，它们吃狗粮，生活条件比人还好。"

她嘴角抖了抖，似乎想笑，但忍住了。看到她的笑容，我心里一热，觉得这是个好兆头，"开始吧，首先你恨我什么?"我开始发问。

"我恨你每月消费太多的红酒，而我却没喝几瓶。"

"你根本不爱喝红酒！再说你不是认识了那个将红酒当水喝的贾明斯吗?"心里满是酸楚，"你是不是就要和他结婚了?"

她听到我的话后大笑起来，"是又怎样，和你有什么关系?"

"当然和我有关系！"我冲她大吼，可又想到自己目前的局势，于是又放轻语气，"我这辈子非你不娶！你明天就给我把戒

指扔给他，否则……"

"否则怎么样？"她冷笑地看着我。

"我会让你这辈子都不安宁，我会大闹你的婚礼，摧毁你的蜜月，将你绑在椅子上狠狠地折磨你，直到你答应做我的老婆!"

她脸色更冷，"你觉得经历这么多事后我们还能在一块吗？"

"我们已经一块过了人生最难熬的八年，马上就要将这辈子里所有的不开心过完了，"说到这儿，我感觉喉咙一热，一股难以抑制的难过涌到鼻孔内，我的嗅觉、味觉和视觉都瞬间气雾蒸腾般潮湿起来，"戴安安，不要放弃我，我已经不是以前的那个唐德……"

然后我傻啦吧唧地哭了。

戴安安盯着我看了片刻，叹了口气，然后半微笑半绝望地说，"这一切太辛苦了，我已经累到不能不和你在一起……"

这是我第一次听到如此难以理解的话，我花了好大劲才弄明白她的意思，她刚才是说同意和我一百零三次复合！不，她刚才是说我们要最后一次复合了，她同意和我一辈子都在一起。

"那你什么时候将戒指还给贾明斯？"我禁不住地催她，这是让我最不安的地方。

"我说过要和他结婚吗？他是我表弟，是做红酒生意的，和各大西餐厅都有来往……"

"你的意思是你们上次联合起来整我？"

"是的！谁让你在同学会上说准备给我弄个艳照门?！明斯也特讨厌你不可一世地以为自己是红酒专家的表情。"

"够狠!"想想贾明斯对我造成的伤害,心里后怕。

她送给我一个坏坏的笑,"我们可以恢复关系,我也可以嫁给你,不过有个条件,除非……除非你屁股夹着玫瑰向我求婚!"我被她的话弄得有点晕头转向,"不仅如此,"她接着说,"还要边跳舞边唱'今天你要嫁给我'!"

"你知道我五音不全,乌鸦都能吓跑!"

"无所谓,我不跑。"

1 Aria餐厅:建国门外大街一家提供美味澳式海鲜及牛肉的西餐厅。

　　我觉得：如果用一种滋味代表那种男女之间不可思议的知己关系，"香"是最恰当的形容词，所以我做出这款知己粥。

　　某些时候"香"代表开心和愉悦，某些时候代表甜蜜和幸福，某些时候还代表着满足和温馨，能呈现那些你无法用语言描述的美好事物和情感。

　　知己朋友就是一碗洋溢着香气的粥，你会和谁喝呢？

材料：

牛奶两袋

椰浆半杯

花生九粒

红枣二十颗

枸杞十五粒

银耳三十克

冰糖四颗

制作方法：

步骤1：将红枣、枸杞用热水泡舒展。

步骤2：将银耳用温水泡开，去掉发黄的叶片和根蒂。

步骤3：将牛奶倒入锅内，再倒入罐装椰浆，因为椰浆质地较为稠，可加入半杯水来调和，用大火烧滚腾。

步骤4：改为小火，放入红枣、枸杞、银耳、花生和冰糖，根据口味需求，炖五至十分钟，或炖至银耳融化都可，重要的是炖出让人愉悦的香气。

二十八 我为厨狂

1.（戴安安回归了。）

她在进门后先抛给我一个问题：如果让你住到无人荒岛看守宝藏，可以提出五个要求，排名不分先后，你会提哪五个要求？

我想了想，给戴安安的回答是，一是要给一套厨房，二是要源源不断地为我提供红酒，三是要给我一套渔具，四是要允许我带上戴安安，五是要允许我俩有个菜园！

"总算记得带上我。"然后她问第二个问题："我又回来了，你还会不会把我气走？"

"以后只有你把我气走的分儿！"

"你是说，以后无论谁想气走谁，都是你走，对吗？"

我掉进陷阱，只好厚着脸皮答，"对！"

接着她将大包小包递给我，比她上次离开时包包更多，感觉到一个包内有个热乎乎的东西在动，打开一看，是一只小狗。

我看看狗，心里非常不舒服，"你要养只狗狗？"

戴安安嘿嘿一笑，"对！"

我牵着狗进屋，"你是不是还没忘记'你的狗狗'啊？"

她将大衣扔到我身上。

2.（戴安安蓬头黑脸地从厨房出来。）

我非常不明白，女孩长大后，她外婆或老妈，比她结婚早的闺蜜，或某阿姨，总有某个人会把婚姻生活里某些"规矩"告诉她。例如："想婚后过舒服，结婚前千万别给男人洗衣服做饭，否则就等着做一辈子苦工吧！""一个新时代女性不应该围绕炉灶，要做性感辣妈！""刷盘拖地是保姆干的活，挑逗愉悦加驯服男人才是女人的事业！"好吧，这些观点没什么大不了，只要厨房油污不再满地，名牌煎锅不再变形，超级昂贵的食材没再被浪费，我真的很乐意做个洗衣做饭伺候老婆的男人。

"对不起，"戴安安拿着破边的盘子说，"刚才铲子向池内一扔，没想到砸到一个盘子。"

我的心在滴血！这是我最爱的德国KAHLA盘子中的一个宽边汤盘，我又看向煎锅，"那是什么？"我指着一条黑不溜秋的熏肠问她。

"哦，那是我做的日式西芹鸡肉卷。"

我立刻头大，深吸一口气，"你放了多少酱油？"

"酱油？西芹鸡肉卷怎么能放酱油，你竟不知道这个常识！"戴安安给我一个鄙视眼神。

我不由得来气，她戴安安在钱挣多挣少上有资格嘲笑我，而在厨房只有我嘲笑她的分儿。她用力地瞪着我，不过还是给我一个解释，"刚才煎到一半翻了个面，我去拔了下眉毛！"

"拔眉毛？"我几乎尖叫，就差那么一点，我真的很想直接告诉她以后滚出我的厨房，又怕伤她易破碎又热情高涨的自尊心和爱心，最后还是觉得写封信说更方便。

我的小安安：

亲爱的，今天辛苦了！

作为一个体贴女人的非大男子主义的男人，我郑重地向你保证，我会为你烧一辈子菜。同时你也要向我保证，从今天开始，不再踏入厨房半步。

你的小唐德，小德德，小狗狗

3.（餐厅开张前夜。）

我坚定地认为上帝创造出动物和植物的目的就是为了丰富我们的胃口，包括整个宇宙的一切，当然，有个前提是所有的陨石和泥沙在某一天可以被厨师烹饪得犹如大马哈鱼一样美味。在那样一个可以吃下任何东西的幸福时代，最幸福的应该就属我这样的美食狂人，我一定会出售这样的食物，因为我的餐厅即将开张啦。

我和戴安安及朋友们在开张前夜的餐厅派对上，我看着周围的一切，想想自己终于拥有一家餐厅，可以迈出成为一个出色美食狂的一大步，心里就无比自豪。为庆祝今天这个日子，我提前三天就准备所有派对所需食物，开胃菜是十只柠檬鸡、十只菊花腊烧鸡和一大托盘奶油花生米，主菜是二十条特色烤鲽鱼，一大份烧橄榄小牛肉，一罐茄鲞及十一条蜜酒煎鳊鱼，几大盘胡椒蜂蜜冻鸭肉片，汤是莴笋汤、牛尾汤和玉米浓汤。为避免不够吃的情况，我又加了一托盘黑油酥皮牛肉拌中国苦菊蚕豆。除此之外，桃酱榴莲酥、蜜糖麻酱素春卷、桂花龙眼椰香米团，及一盆配备世界最呛辣芥末的超级寿司拼盘。

在这个晚宴上，我还特地制作了一道献给戴安安的菜，并命名为忘忧面。这是我用香料和椰汁炖熟的鸡丝与熟花生、香葱、柠檬、凤尾鱼干，配上青红椒和香草捣碎的酱汁搭配做成，碗里共有一百零三根面，象征着我俩这么多年走过的历程。我端着面送给戴安安，告诉她要全部吃进肚子，消化掉曾经的种种不愉快，和全新的我一同奔赴新生活。我还告诉她要对我继续走美食美酒这个羊肠小道放心，以前是我错把吃美味喝好酒当成最终目标，现在我明白那仅是一个美食狂所需的燃料。为所有人创造美味，才是我的目标。

我看着对晚宴赞美不绝的朋友们，内心不由得充满知足和幸福。我幸福是因为我有了戴安安和餐厅，我知足是因为我有这些朋友们，他们喜欢今晚的宴会！我不禁想，还有谁不喜欢今晚呢？桌布是迷人的白色，红酒口感绝对的上乘，咖啡是滚烫的，鸡尾酒饮料由行家选择配置，客人们可以站着、坐着、甚至半躺着，每样菜合乎比例的口感恰当，每种汤都放有新鲜的薄荷叶或番红花，漂亮的甜点恰如其分的醇香，晚宴也不在十一点散席，每个人都可以狂欢到就寝。

美食狂记事十八　　忘忧面

对于美食狂而言，每件事、每种关系、每个时刻都能烹出独特滋味。

这道献给戴安安的用一百零三根面搭配香料、鸡丝和鲜酱的忘忧面，有着我唐德对戴安安的深深歉意和浓浓爱意。我希望戴安安能在吃完面后，忘掉曾经的种种不愉快，与我一块奔赴婚姻"坟墓"。现在，我已做好当个出色老公的准备。

从这天起，我也不再是那个失恋的美食狂，而是一个幸福的美食狂。

材料：

三黄鸡一只

椰汁两罐

青红椒各半个

熟花生半碟

红枣六枚

枸杞十粒

莲子七颗

香菇四枚

凤尾鱼干两条

水煮蛋一个

柠檬半个

西红柿半个

红葡萄酒半杯

香菜一根

香葱一根

蒜姜适量

香油适量

沙拉酱适量

盐适量

制作方法：

步骤1：把鸡洗净擦干水分，身上均匀抹上盐粒，腌制二十分钟后，在体内塞入红枣、枸杞、莲子、香菇。

步骤2：取炖锅一个，加入三杯水、红葡萄酒和椰汁，放入鸡和鸡蛋，中火炖三十分钟；在炖至十五分钟时，取出鸡蛋放入冷水，备用。可把炖好鸡的汤汁与红枣、枸杞、莲子、香菇用大火烧滚，放入时令蔬菜、盐、汤、蘑菇精来调味，做佐餐汤。

步骤3：利用炖鸡时间，将青红椒、香菜、柠檬、香葱、大蒜、姜、熟花生捣成泥状，加入适量红葡萄酒、盐、沙拉酱和香油，搅拌成酱汁。

步骤4：另取锅将荞麦面煮熟码在碗底，将适量鸡肉撕成丝与黄瓜丝、青红椒丝一块儿撒在碗内，淋上步骤3中制作的酱汁，相信这份滑口舒爽、鲜美色艳的面能为你带来味觉和视觉的双重愉悦。

尾声

　　像曾经我和戴安安一起度过的许多个晚上一样，我给她准备好丰富精致的晚餐，还开了瓶珍贵的桃乐丝大城堡红酒。吃到一半，我俩为要不要把红酒与水果搭配一起开始争吵。"每杯红酒都有生命，只有认真对待才能品出它最完美气息！"我认真耐心劝说。

　　戴安安反驳，"我们就不能轻松点，为什么你总要定那么多条条框框，吃喝就是为了快乐，如果连快乐也困难，我情愿不要，再说红酒配水果真的很美味！"

　　"红酒本来就是果香，你吃水果喝红酒，红酒的口感就会被掩饰掉。"

　　戴安安没搭理我，继续喝口红酒吃下苹果，"味道非常特别！"她说，"以前我从没品出红酒是什么味儿，可吃口苹果喝口酒后，红酒味道就变得明显起来，就是苹果味！"她把一块苹果塞到我手里，"我敢说你也不能百分百准确说出一杯红酒内都有什么味，对不对？与其这样不如我们主动一点，喝红酒配苹果，喝红酒配菠萝，喝红酒配鸭梨，喝红酒配荔枝，这样喝红酒，果味不就清晰了?!"

我刚要反驳，她用手指掩住我的嘴巴，"就依我一次，好不好?"

我点头，然后喝上一口红酒，味蕾刚感受出红酒内的胡椒香、百里香、红莓果味，戴安安就将一瓣橘子塞到我嘴里。我磨动牙齿，橘子的酸甜味充满口腔，还有一股不可思议的饱满甜美，那是橘子味，如此明快的橘子味！这味道是那么清新，整个口腔很快地就只剩一种纯粹的酸甜味。瞬间我的味觉、嗅觉、触觉，甚至听觉和视觉都变得如此统一，我品尝到一种比喝红酒更迷人的感觉。

戴安安看着我陶醉的表情，莞尔一笑，又将一块苹果塞到我嘴里。

图书在版编目（CIP）数据

美食狂失恋记事本/蔺威察著. –北京:作家出版社,
2011.6
ISBN 978 – 7 – 5063 – 5748 – 7

Ⅰ.①美…Ⅱ.①蔺…Ⅲ.①长篇小说 – 中国 – 当代
Ⅳ.①I247.5

中国版本图书馆 CIP 数据核字（2011）第 001420 号

美食狂失恋记事本

作　　者：蔺威察
责任编辑：秦　悦
装帧设计：薛　怡
出版发行：作家出版社
社址：北京农展馆南里 10 号　　　邮码：100125
电话传真：86 – 10 – 65930756（出版发行部）
　　　　　86 – 10 – 65004079（总编室）
　　　　　86 – 10 – 65015116（邮购部）
E – mail：zuojia@ zuojia. net. cn
http://www. zuojia. net. cn
印刷：北京汇林印务有限公司
成品尺寸：142 × 210
字数：190 千
印张：9
印数：001 – 8000
版次：2011 年 6 月第 1 版
印次：2011 年 6 月第 1 次印刷
ISBN　978 – 7 – 5063 – 5748 – 7
定价：29.00 元